Monika Feth • Nele oder Das zweite Gesicht

cbt

Foto: © privat

DIE AUTORIN

Monika Feth wurde 1951 in Hagen geboren. Nach ihrem literaturwissenschaftlichen Studium arbeitete sie zunächst als Journalistin und begann dann, Bücher zu verfassen. Heute lebt sie in einem kleinen Ort in der Nähe von Köln, wo sie für Kinder, Jugendliche und Erwachsene schreibt.
Ihre Bücher wurden vielfach ausgezeichnet und in 15 Sprachen übersetzt.

Weitere lieferbare Bücher von Monika Feth:

omnibus:
Die blauen und die grauen Tage (20542)
Weihnachten steht vor der Tür (20421)
Und was ist mit mir? (21166)
Herz geklaut (21809)

cbt:
Der Erdbeerpflücker (30258)
Der Mädchenmaler (30193)
Der Scherbensammler (30339)
Das blaue Mädchen (30207)
Fee – Schwestern bleiben wir immer (30010)
Nele oder Das zweite Gesicht (30045)

»Eine verrückte Geschichte, spannend und witzig.« *Sender Freies Berlin*

»Ein Buch, das Mut macht für den Sprung in die Eigenständigkeit.« *Darmstädter Echo*

Monika Feth

Nele oder
Das Zweite Gesicht

cbt

cbt – C. Bertelsmann Taschenbuch
Der Taschenbuchverlag für Jugendliche
Verlagsgruppe Random House

FSC
Mix
Produktgruppe aus vorbildlich bewirtschafteten Wäldern und anderen kontrollierten Herkünften

Zert.-Nr. SGS-COC-1940
www.fsc.org
© 1996 Forest Stewardship Council

Verlagsgruppe Random House FSC-DEU-0100
Das für dieses Buch verwendete FSC-zertifizierte Papier *Munken Print* liefert Arctic Paper Munkedals AB, Schweden

2. Auflage
Erstmals als cbt Taschenbuch August 2004
Gesetzt nach den Regeln der Rechtschreibreform

Die ursprüngliche Version erschien 1992 unter dem Titel »Der Weg durch die Bilder« beim Sauerländer Verlag, Frankfurt.
Die vorliegende Fassung wurde von der Autorin bearbeitet.
Umschlagfoto: ifa-Bilderteam, Düsseldorf
Umschlagkonzeption: init.büro für gestaltung, Bielefeld
st · Herstellung: ih
Satz: Uhl+Massopust, Aalen
Druck und Bindung: GGP Media GmbH, Pößneck
ISBN 3-570-30045-5
Printed in Germany

www.cbj-verlag.de

Für Hans, der die Dinge schweben lässt,
wenn ich am wenigsten darauf gefasst bin…

1

Nele steigt vom Rad. Sie kennt diese Unruhe und weiß, dass ihr gleich schwindlig werden kann. Sie blinzelt in das fahle Dezemberlicht und ist auf der Hut.

Plötzlich ist die Landschaft wie ein Bild. Keine Bewegung, kein Laut, kein Geruch. Die Zeit bleibt stehen. Nele spürt ein Klopfen im Hals.

Ihre Füße bewegen sich weiter. Ihre Hände halten das Fahrrad. Nele merkt nichts davon. Sie starrt auf die kahlen Pappeln, nimmt gleichzeitig den flachen Nebel über den Feldern wahr und die dünne Eisschicht auf dem Tümpel.

Sie atmet heftig. Es ist wie in einem Traum. Sie will aus diesem Traum erwachen, bevor etwas passiert, das sie erschreckt. Ihr Körper versteift sich in Abwehr. Ihre Zähne knirschen aufeinander. Dann ist es vorbei.

Nele fühlt wieder den Wind auf dem Gesicht. Sie hört das ferne Rattern eines Traktors und Betties heiseres Gebell. Erleichtert stößt sie den Atem aus. Geschafft! Sie hat es zurückgedrängt und die Bilder nicht zugelassen.

Der Kopf tut ihr weh. Tausend Stiche in den Schläfen. Und sie hat Schweiß auf der Stirn.

Nele schiebt das Rad weiter. Ihr ist tatsächlich ein wenig schwindlig, und ihr Mund ist trocken, als wäre sie den ganzen Weg gerannt.

Es beginnt bereits zu dämmern. Die Dunkelheit fällt schnell um diese Zeit. Heute ist es seit dem Morgen nicht richtig hell geworden. Nele stolpert. Sie zwingt sich, darauf zu achten, dass sie die Füße hoch genug hebt. Nicht mehr lange und sie wird zu Hause sein.

Das Haus schimmert durch das hohe Gesträuch. Jeder in der Gegend kennt es. Es ist das einzige weiße Haus im weiten Umkreis. Alle anderen Häuser sind rot.

Nele begrüßt die alte Bettie, die ihr mit kraftlosem Schwanzwedeln entgegenkommt, und stellt das Rad in der Scheune ab. Ihr Erscheinen scheucht die Tauben auf, die sich hier vor der Kälte verkriechen. Nele reibt sich die Arme und geht zum Stall hinüber, aus dem das gleichmäßige Summen der Melkmaschine dringt.

Opas Kopf taucht zwischen den Leibern der Kühe auf und verschwindet wieder. Nele lehnt sich gegen die Wand, überlässt sich der Wärme, der Helle und dem vertrauten Geruch. Erst jetzt beginnt sie zu zittern.

Eine ganze Weile steht sie da, ehe Opa sie bemerkt. Er winkt sie zu sich heran. »Du kommst spät.«

Nele nickt und verschränkt die Arme vor der Brust, um das Zittern zu verbergen.

Opa richtet sich langsam auf, klopft Mora den Rücken. Mora ist ein nervöses Tier. Man muss sie beruhigen, um sie melken zu können. Opas Hände sind groß und breit. Unter hundert Händen würde Nele sie erkennen.

Der Vater bringt die ersten Heuballen. »Bist spät dran. Solltest doch bloß den Tee abgeben.«

»Onkel Helge hat sich den Fuß verknackst«, sagt Nele zögernd.

»Und du hast ihn wieder gerichtet!« Zornig wirft der Vater die Heuballen ab. »Kann er sich nicht zum Doktor fahren lassen?«

»Komm, Nele«, sagt Opa. »Fass mit an. Wir müssen fertig werden. Mit Berthe ist es bald so weit.«

Nele schaut zu Berthe hinüber. »Heute schon?«

Opa nickt. »Es kann jeden Moment losgehn.«

Nele zieht den Anorak aus und hängt ihn an einen der Haken neben dem Tor. Sie streift die Schuhe ab, schlüpft in die Stallstiefel, die unterm Fenster stehen, krempelt die Ärmel hoch, greift nach dem Besen und fängt an, die Fladen durch den Rost zu drücken.

Sie arbeitet schweigend. Der Schmerz in ihren Schläfen wird schwächer. Es tut gut, bei den Kühen zu sein.

Nachdem sie den Bullen und die Kälber versorgt hat, bringt sie den Schweinen ihr Futter, danach den Kaninchen und den Hühnern. Sie stellt die Stiefel an ihren Platz zurück, zieht die Schuhe wieder an, nimmt den Anorak vom Haken und geht zum Haus hinüber.

Tim sitzt am Küchentisch und macht Hausaufgaben. Die Mutter steht am Herd und kocht. Oma füllt das Gebäck, das sie am Nachmittag gebacken hat, in die Weihnachtsdose. Sie dreht sich zu Nele um, lächelt und wird gleich wieder ernst. »Kopfweh?«

»Ein bisschen«, sagt Nele. »Ist schon fast vorbei.« Sie setzt sich zu Tim auf die Eckbank.

Oma reist nach Afrika, schreibt Tim in sein Heft. *Es ist eine weite Reise.* Er sieht auf. »Schreiben ist vielleicht blöd!«

»Aber du schreibst schön.« Nele beugt sich über sein Heft. »Echt weltmeisterlich.«

»Trotzdem ist Schreiben blöd.«

»Alter Trödler«, sagt die Mutter. »Wir wollen essen.«

»Ich trödle ja gar nicht.« Tim macht sich an den nächsten Satz. »Wenn es doch so schwer ist, das alles abzuschreiben.« Die Zungenspitze schaut ihm zwischen den Lippen hervor. Er zerrauft sich das Haar, stöhnt.

Nele holt die Teller aus dem Schrank.

»Kommt Friedrich zum Essen?«

Die Mutter schüttelt den Kopf. »Er hat heute den ganzen Abend in der Werkstatt zu tun. Du weißt ja, wie dein Bruder ist. Er kann keine Arbeit liegen lassen.«

Nele schluckt die Enttäuschung hinunter. Schon wieder ein Abend ohne ihn. Er weiß doch, wie sehr er ihr fehlt.

Tim klappt das Lesebuch zu, trägt das Heft zu Oma und zeigt ihr, was er geschrieben hat.

»Afrika«, sagt Oma. »Für nichts auf der Welt würd ich so eine Reise machen. Viel zu heiß. Und alles so fremd. Obwohl ...« Sie zögert, gibt Tim das Heft zurück. »Man müsste das alles sehen können, ohne wirklich hinzufahren.«

»Träumen«, sagt Tim.

Oma nickt und tauscht mit Nele einen raschen Blick.

Als alle am Tisch sitzen, trägt die Mutter das Essen auf. Es dampft aus den Schüsseln. Die Fensterscheiben sind beschlagen. Dahinter ist es schwarz.

»Du bist so blass«, sagt die Mutter zu Nele.

»Sie hat Helges Fuß gerichtet«, erzählt der Vater wütend.

Oma horcht auf. »Was war mit Helges Fuß?«

»Nur verknackst«, beruhigt Nele sie. »Ist vom Traktor gesprungen und falsch aufgekommen.«

»Lass die Finger davon«, sagt der Vater. »Die Leute fangen schon an zu reden.«

Oma sieht von Nele zum Vater. »Übertreibst du nicht ein bisschen?«

Der Vater zeigt mit der Gabel auf Nele. »Schau sie dir doch an! Weiß wie die Wand. Und Kopfschmerzen hat sie auch schon wieder. So ist es jedes Mal, wenn sie es gemacht hat.«

Oma legt das Besteck auf den Teller, obwohl sie das Essen kaum angerührt hat. »Du weißt nicht, wie es wäre, wenn sie es *nicht* machen würde.«

Der Vater zerdrückt ärgerlich die Kartoffeln auf seinem Teller. »Wir sind Bauern, Mutter. Nicht arm, nicht reich, aber von jedermann geachtet. Ich will nicht, dass Nele ins Gerede kommt.«

Opa ist mit dem Essen fertig. Er schiebt seinen Stuhl zurück und steht auf. »Die Leute«, sagt er verächtlich. »Die reden immer. Ich geb nichts auf ihr Geschwätz.« Er berührt Oma leicht an der Schulter. »Ich seh mal nach Berthe.« Und damit verlässt er den Raum.

Die Mutter stellt Friedrich das Essen warm und schickt Tim ins Bett. Nele räumt gerade das Geschirr in die Spülmaschine, als sie Opa rufen hört. Sie dreht sich zur Mutter um. »Darf ich?«

Die Mutter nickt. »Lass nur stehn.«

Nele zieht sich eine Strickjacke über und läuft zum Stall. Berthe hat sich hingelegt. Ein Teil der Fruchtblase ist schon zu sehen.

Opa schiebt die Ärmel hoch und fährt mit dem rechten Arm bis zum Ellbogen in Berthes Scheide. Dann zieht er den Arm wieder heraus und das Fruchtwasser schießt in einem heftigen gelben Strahl hervor. Opa springt zur Seite, wird aber trotzdem bis zu den Hüften nass.

Mit raschem, sicherem Griff reißt er die Haut der Fruchtblase auseinander. Wieder stürzt Fruchtwasser hervor. Noch einmal fährt Opa mit dem Arm in Berthe hinein. »Es liegt falsch«, sagt er mit gepresster Stimme.

Er versucht, das Kalb in Berthes Leib zu drehen. Sein Gesicht wird dunkelrot von der Anstrengung. Er keucht. Schweiß tritt ihm auf die Stirn. Seine Füße suchen vergeblich festen Halt auf dem glitschigen Boden. Der Vater wartet neben ihm, einen Strick in der Hand. Berthe wendet den Kopf nach ihnen, stöhnt auf.

Nele geht neben Berthes Kopf in die Hocke und umfasst ihren Hals. »Ruhig«, sagt sie. »Ganz ruhig. Gleich ist es vorbei.« Berthe schnauft, stößt sie an und beruhigt sich ein wenig.

»In Ordnung.« Opa greift nach dem Strick. Die Hufe des Kälbchens sind schon hervorgekommen. Opa bindet den Strick an ihnen fest. Die Männer ziehen. »Nele!«

Nele fasst mit an. Der Strick ist so nass und glitschig wie der Boden. Das kleine Maul wird sichtbar und verschwindet wieder. Neles Hände gleiten ab und fassen wieder zu.

»Es ist zu groß«, sagt Opa. »Viel zu groß. Noch einen Strick, Nele, schnell!«

Nele bückt sich nach einem der Stricke, die der Vater bereitgelegt hat, und reicht ihn Opa. Es dauert zu lange. Und Berthe ist zu unruhig. Dabei bekommt sie ihre Kälber sonst immer ganz leicht.

Opa befestigt den Strick am Kopf des Kälbchens. Sie ziehen mit aller Kraft. Der Vater rutscht aus, fängt sich wieder. »Na komm, Berthe, altes Mädchen, hilf mit!«

»Irgendwas stimmt nicht«, sagt Opa. »Vielleicht sind es auch zwei. Ich konnte es nicht richtig fühlen.«

»Den Geburtshelfer, Nele«, sagt der Vater.

Neles Herz klopft heftig, als sie läuft, um das Gerät zu holen. Es wird nur im Notfall benutzt, denn es zieht das Kälbchen mit einer solchen Gewalt heraus, dass es daran sterben kann.

Der Vater befestigt die Stricke am Geburtshelfer, bewegt den Hebel auf und ab. Die Stricke straffen sich. Berthe stöhnt dunkel und laut. Ihr Hinterteil hebt sich. »Achtung! Jetzt!«

Sie springen zur Seite. Das Kalb fällt auf den Boden. Opa geht neben ihm auf die Knie. »Lebt«, sagt er knapp, schabt ihm mit den Fingern den Schleim aus dem Maul und massiert ihm das Herz. Im Laufschritt tragen die Männer es auf den Hof. Nele sperrt Bettie in den Zwinger.

Der Vater hat das Kalb an den Hinterbeinen gefasst und schleudert es im Kreis über den Boden, damit sich Schleim und Wasser lösen und nicht in der Lunge festsetzen. Nele besorgt kaltes Wasser.

Sie schüttet es über den Körper des Kälbchens. Opa massiert wieder das Herz. Der Vater schiebt dem Kalb die Lider hoch, sieht sich die Augen an. »Mehr Wasser!«

Nele spürt die Kälte kaum, während sie mit klammen Fingern Eimer um Eimer mit Wasser füllt und hinausträgt.

Schleudern, Wasser, Massieren. Schleudern, Wasser, Massieren. Still lässt das Kalb es mit sich geschehen.

Nele besorgt Stroh, um es damit trockenzureiben. Das Kalb atmet, aber es atmet rasselnd und schwer. Opa fährt sich mit dem Arm über die Stirn. Seine Hände, sein Gesicht, alles an ihm ist blutverschmiert.

Sie tragen das Kälbchen in den Nebenstall. »Jetzt können wir nur noch abwarten«, sagt der Vater. »Aber es sieht nicht so aus, als ob es die Nacht überstehen würde.«

»Ich bleib noch ein bisschen.« Nele schaut den Männern nach, die mit müden, breiten Schritten den Stall verlassen, um sich um Berthe zu kümmern. Dann beugt sie sich über das Kalb. »Du kannst es schaffen«, flüstert sie. »Ich weiß es. Du musst es nur wollen.«

Sie nimmt Stroh und reibt über das Fell, dreht das Kalb vorsichtig auf die andere Seite, reibt weiter. Zärtlich streichelt sie ihm das Maul, den Kopf, legt ihm die Hände auf den Leib. Ihre Hände fahren in kreisenden Bewegungen darüber hin, zuerst sacht, dann kräftig und fest.

Das Kälbchen liegt da wie tot. Nele schließt die Augen und tastet den immer noch feuchten Körper mit flachen Händen ab. Sie konzentriert sich, so stark sie kann.

Und dann spürt sie, wie ihre Hände warm werden. Die

Wärme nimmt rasch zu, fließt in die Fingerspitzen, die nun in langen, kraftvollen Strichen über das Fell fahren.

Das Kalb atmet tiefer. Das Rasseln wird schwächer. Nele zieht die Hände zurück, öffnet die Augen und hebt den Kopf.

Oma, die unbemerkt hereingekommen ist, steht neben ihr und sieht ernst auf sie herab.

»Es wird leben«, sagt Nele mit heiserer Stimme. »Ich bin so froh.«

Oma zieht sie auf die Füße. Sie drückt sie an sich und streicht ihr übers Haar. »Ich weiß«, sagt sie. »Aber du bist todmüde und musst jetzt schlafen. Komm, ich bring dich ins Haus.«

2

Nele träumt. Es ist Sommer. Der Malvenstrauch vorm Küchenfenster blüht. Ein feiner Glanz liegt auf den Blättern der Birken. Der Himmel ist von einem durchsichtigen Blau.

Das weiße Pferd wirft den Kopf herum, um die Fliegen zu vertreiben, die sich auf seinem Rücken niedergelassen haben.

Doch die Fliegen lassen sich nicht vertreiben. Surrend schwirren sie auf und fallen wieder auf den Rücken des Pferdes zurück. Ihre Leiber schillern grünlich im Sonnenlicht.

Das Pferd rollt mit den Augen. Entsetzt starrt Nele die große Wunde auf seinem Rücken an, die schwarz ist von Fliegen. Sie versucht, die Fliegen mit den Händen zu verscheuchen, doch da legt sich das Pferd schon zum Sterben hin. Sein Atem rasselt laut.

Nele schreckt auf. Mondlicht erhellt das Zimmer. Sie springt aus dem Bett, vergewissert sich mit einem raschen Blick, dass

Tim schläft, zieht Hose und Pullover an, öffnet die Tür und steigt leise die Treppe hinunter.

Aus dem Schlafzimmer der Eltern dringt das gleichmäßige Schnarchen des Vaters. Nele versucht, die knarrenden Stellen auf dem Holzfußboden zu umgehen. Es gelingt ihr nicht ganz. Sofort stockt das Schnarchen, hört auf. Nele bleibt stehen und hält die Luft an. Erst als das Schnarchen zögernd wieder einsetzt, wagt sie sich weiter.

Sie schlüpft aus der Diele hinaus ins blasse Licht, überquert den Hof, beschwichtigt die vor Freude winselnde Bettie und öffnet die Tür zum kleinen Stall.

Das Kalb ist unruhig. Seine Augen fahren ruckartig hin und her, sein Atem geht heftig. »Hab keine Angst«, flüstert Nele. »Ich bleibe ein bisschen bei dir.« Sie kauert sich neben das Kalb ins Stroh und nimmt seinen Kopf in beide Hände.

Es schließt die Augen. »So ist es gut«, murmelt Nele. »Mach die Augen zu. Ich helfe dir.«

Nele massiert ihm behutsam die Stirn. Sie wird müde, summt leise vor sich hin, um wach zu bleiben. Der schwache Schein der Lampe erhellt den Stall nur spärlich. Durch das trübe Fensterglas kann Nele den Mond sehen, von feinen Wolkenschleiern verhangen, die der Wind dann und wann auseinander reißt.

Ihre Fingerkuppen beginnen zu schmerzen, der Arm wird ihr steif, ihre Nackenmuskeln verspannen sich. Nele summt alle Melodien, die sie kennt. Als ihr keine Melodie mehr einfällt, sagt sie Gedichte auf. Und als sie kein Gedicht mehr weiß, reiht sie einfach Worte aneinander, die ihr in den Sinn kommen.

Das Kälbchen ist längst eingeschlafen. Nele findet keine Worte mehr. Der Schweiß bricht ihr aus vor Erschöpfung. Ihre Hände bleiben schwer auf dem Kalb liegen, das Kinn sinkt ihr auf die Brust, sie sackt in sich zusammen und fällt augenblicklich in Schlaf.

Sie wacht davon auf, dass jemand eine Wolldecke über sie breitet. Nele öffnet die Augen und sieht in Friedrichs Gesicht. »Ich dachte mir«, sagt er, »du frierst vielleicht.«

Nele setzt sich und zieht die Decke fest um die Schultern. Ihr ist wirklich kalt. »Lieb von dir. Wie spät ist es?«

»Halb zwei. Ich wollte nach dem Kalb sehen. Aber das hast du ja nun schon besorgt.« Er blickt auf das Kälbchen, das ebenfalls wach geworden ist. »Opa hat mir eine Nachricht auf den Tisch gelegt. Er hat dem Kalb keine Chance gegeben.«

Nele lächelt. »Aber ich. Und davon hab ich es einfach überzeugt.«

Friedrich setzt sich neben sie. Er schüttelt den Kopf. »Wie machst du das bloß? Ich begreif's nicht.«

Nele lehnt sich schläfrig gegen ihn. »Ich doch auch nicht.« Sie gähnt. »Jedenfalls macht es müde. In der Schule werden mir die Augen zufallen.« Ein Kälteschauer läuft ihr über die Haut. Ihre Zähne klappern aufeinander.

Friedrich legt ihr den Arm um die Schultern und drückt sie an sich. »Sei bloß froh, dass ich es war, der dich hier gefunden hat, und nicht Papa. Du weißt, wie er sich wieder aufregt, wenn er merkt, dass du irgendwas gemacht hast mit dem Kalb.«

Nele nickt. Sie reibt sich die Augen. »Wir könnten es *Mond* nennen. Der Mond hat geschienen, als es geboren wurde.«

»Mond«, sagt Friedrich. »Ein reichlich merkwürdiger Name für einen kleinen Bullen, findest du nicht?«

»Nö.« Nele gibt Friedrich einen Kuss auf die unrasierte Wange. »Nicht merkwürdiger als ein Bruder wie du.«

»Na, herzlichen Dank.« Friedrich lacht leise auf. »Würdest du deinem merkwürdigen Bruder wohl trotz seiner Merkwürdigkeit einen Zipfel von der Decke abgeben?«

Nele schlägt das eine Ende der Decke zurück und Friedrich legt es sich um die Schultern.

Mond ist wieder eingeschlafen. Sie bleiben bei ihm sitzen, eng aneinander gekuschelt, und hören seinem Atmen zu, das tief und regelmäßig geworden ist.

Dann werden Nele die Augen schwer. Friedrich spürt es sofort. »Komm«, sagt er und hilft Nele auf, »sonst klappst du mir noch zusammen.«

Nele torkelt vor Müdigkeit. Sie schleichen über den Hof, unbemerkt von Bettie, und betreten geräuschlos die Küche. »Na los«, flüstert Friedrich. Er legt die Decke an ihren Platz auf der Bank zurück. »Ab ins Bett. Und mach bloß keinen Lärm.«

Nele huscht die Treppe hinauf, in ihr Zimmer und schließt leise die Tür hinter sich. Sie zieht sich im Dunkeln aus, um Tim nicht aufzuwecken, und klettert ins Bett.

»Es hat die Nacht tatsächlich überlebt«, sagt der Vater beim Frühstück verwundert. »Das hätte ich nie für möglich gehalten.«

Oma streift Nele mit einem prüfenden Blick. Nele wird rot und senkt den Kopf.

Die Mutter macht die Pausenbrote für Nele und Tim zurecht. »Wann bist du nach Hause gekommen?«, fragt sie Friedrich.

»Irgendwann heute früh.« Friedrich schenkt sich Kaffee ein.

»Das sieht man dir an«, sagt der Vater barsch.

Opa lächelt. Doch er sagt nichts. Er mischt sich nicht gern ein.

Die Mutter wickelt die Brote in Papier. »Du weißt doch, dass wir uns Sorgen machen, wenn du so spät noch unterwegs bist.«

Friedrich nimmt einen Schluck vom Kaffee, verbrüht sich die Lippen und verzieht das Gesicht. »Ich bin neunzehn, Mama.«

»Und du glaubst, mit neunzehn kann dir nichts passieren?

Seit du diese Höllenmaschine hast, mach ich mir mehr Sorgen um dich als je zuvor.«

»Mama, ein Motorrad ist keine Höllenmaschine. Wir leben doch nicht mehr im Mittelalter. Autofahren ist mindestens genauso gefährlich.«

»Ist es nicht!« Die Mutter fasst Friedrich am Arm. »Ruf das nächste Mal wenigstens an, wenn es später wird.«

»Okay, okay.« Friedrich hebt ergeben die Hände. »Aber jetzt muss ich los. Wir haben heute viel zu tun in der Werkstatt.«

Er steht auf, rubbelt Tim und Nele durchs Haar und gibt der Mutter und Oma einen Kuss auf die Wange. »Bis heute Mittag.«

Nele bringt Bettie das Fressen und stellt der Katze Milch hin. Dann verstaut sie ihr Pausenbrot im Rucksack. Sie geht in die Diele, zieht Stiefel und Anorak an und bindet sich einen Schal um den Hals. »Ich warte im Stall auf dich!«, ruft sie Tim zu und schließt die Tür hinter sich.

Es hat gefroren. Das Wasser, das sie am Abend verschüttet haben, hat sich in einer großen Pfütze gesammelt und ist zu Eis erstarrt. Nele atmet die kalte Luft tief ein. Sie mag den Winter und seinen Geruch, mag seine Stille und seine Farben. Sie mag die Dunkelheit am Morgen und am Abend, mag das Viereck aus Licht, das dann vom erleuchteten Küchenfenster aufs Pflaster fällt.

Das Kalb liegt noch genauso da, wie Nele es verlassen hat. »Mond«, spricht sie es leise an. Mond öffnet die Augen und wendet den Kopf ein wenig.

Sacht fährt Nele mit den Fingern über das gekrauste Fell auf seiner Stirn. »Du musst jetzt allmählich zusehn, dass du auf die Beine kommst. Sie sind zwar noch staksig und dünn, aber glaub mir, sie tragen dich.«

»Mann, ist das hässlich«, sagt Tim da hinter ihr. »Es sieht kein bisschen wie Berthe aus. Es ist ja ganz scheckig.«

Behutsam hebt Nele Monds Kopf an. »Aber seine Augen«, sagt sie. »Hast du jemals ein Kalb mit so schönen Augen gesehn?«

Tim beugt sich vor und starrt Mond an. »Ganz normale Augen«, stellt er fest. »Warum willst du unbedingt, dass es besonders schön sein soll?«

»Ich hab es *Mond* genannt«, sagt Nele.

»Mond?« Tim sieht sie verständnislos an.

»Weil der Mond geschienen hat letzte Nacht.« Nele lässt Monds Kopf vorsichtig wieder auf das Stroh zurücksinken, streichelt ihm noch einmal über die Stirn und richtet sich auf. »Es wird Zeit.«

Sie holen die Räder aus der Scheune. Nele horcht auf das leise Gurren der Tauben. Der Abschied fällt ihr jeden Morgen schwer.

Zwischen den Feldern ist der Wind schneidend kalt. Er hat gedreht, kommt seit Tagen nicht von der Nordsee, sondern vom Land. Die ersten Möwen lassen sich auf den Äckern nieder, um hier die Flut abzuwarten. Nele zieht die Kapuze über den Kopf und schiebt sich den Schal über die Nase. Die Wolle wird warm und feucht von ihrem Atem und beginnt zu kratzen.

Tim redet ohne Unterlass. Das ist bei ihm immer so. Er redet zu viel oder zu wenig, je nachdem. Nele hört kaum hin. Ihre Hände halten das Lenkrad, ihre Füße treten die Pedale, ihr Kopf schläft noch halb.

Vorm letzten Haus auf dem Weg klingelt sie. Fast im selben Augenblick tritt David aus der Tür. Sein Rad steht schon bereit. David wickelt sich den Schal ein paarmal um den Hals und schwingt sich auf den Sattel.

»Berthes Kalb ist gekommen«, sagt Nele.
»Ein richtiger Winzling«, sagt Tim, um Nele zu ärgern.
»So einer wie du?«, fragt David.
»Ich bin sieben!« Tim macht ein beleidigtes Gesicht.
»Uralt!« David lacht. Er sieht ziemlich verschlafen aus. Sein Lachen ist noch müde.

Schweigend fahren sie weiter. Auch Tim wird jetzt still. »Blöde Schule«, stößt er zwischen den Zähnen hervor und verstummt dann ganz.

Tims Schule liegt mitten im Dorf. Es ist ein schöne altes Gebäude mit hohen, schmalen Fenstern und einem neuen roten Dach.

Sie steigen ab. Nele gibt Tim einen liebevollen Klaps auf den Rücken. Tim holt tief Luft. Er streckt sich, überquert die Straße, fährt auf den Schulhof und dreht sich nicht mehr nach ihnen um.

Nele und David fahren auf dem Fahrradweg weiter, aus dem Dorf hinaus zum Nachbarort. Nele zieht den Schal von der Nase. »Es kostet ihn immer all seinen Mut«, sagt sie.

»War bei mir auch nicht viel anders im ersten Schuljahr.« David hebt die Schultern. »Die vielen Kinder, der Krach, und dann konnte ich die Polzer nicht leiden.«

Nele nickt. »Tim mag sie auch nicht. Sie ist sehr streng mit ihm.«

»Die Polzer ist mit allen streng«, sagt David. »Sie hat überhaupt nur für dich was übrig gehabt. Nele hier, Nele da. Eklig. Es konnte einem direkt schlecht werden davon.«

Nele bewegt vorsichtig die Finger. Sie sind starr vor Kälte. »Meine Schuld war's nicht. Mir wär's viel lieber gewesen, wenn sie mich behandelt hätte wie alle andern auch.«

Verfroren stellen sie die Räder ab, bahnen sich einen Weg durch das Gedränge auf dem Schulhof und den Treppen, blinzelnd im viel zu hellen Licht der Neonlampen. Sie setzen sich auf ihren Platz und packen die Hefte für die erste Stunde aus.

»Nele?«

Davids Ellbogen fährt Nele in die Seite. Sie zuckt zusammen.

»Nele!« Das ist nicht Davids Stimme. Nele spürt, wie ein Schatten auf ihr Gesicht fällt. Herr Klodwig steht neben ihr, die Arme vor der Brust verschränkt.

»Einen schönen Morgen wünsch ich«, sagt er spöttisch. »Oder möchtest du lieber weiterschlafen?«

Die anderen kichern. Herr Klodwig bringt sie mit einer Handbewegung zum Schweigen. »Wir werden uns auch ganz still verhalten, denn Schlaf ist zweifellos gesund.« Er lächelt, dass es Nele kalt den Rücken hinunterläuft.

Sie setzt sich gerade hin. Die Hitze steigt ihr ins Gesicht und brennt ihr auf den Wangen.

»Und was ist diesmal der Grund für deine Müdigkeit?« Herr Klodwig beugt sich zu Nele hinunter. Sie kann seinen säuerlichen Atem riechen. »Falls du mich in das Geheimnis einweihen möchtest.«

»Wir haben ein Kalb gekriegt.«

»Ach, ein Kalb.« Das Lächeln verschwindet von Herrn Klodwigs Gesicht. »Wieder mal. Und dafür sind bei euch zu Hause die Kinder zuständig?«

Nele schüttelt hilflos den Kopf.

»Bist du selbst zum Reden zu müde?«

»Nein«, flüstert Nele.

»Ich möchte mit deinen Eltern sprechen.« Herr Klodwig richtet sich auf. »Sag ihnen das.«

Nele atmet auf, als er endlich ablässt von ihr und zur Tafel geht. Er nimmt ein Stück Kreide und schreibt einen Satz an die Tafel.

Wer braucht Licht?
»Der Mensch«, sagt Marja.
Der Mensch, schreibt Herr Klodwig an die Tafel.
»Das Tier«, sagt Bennie.
Das Tier, schreibt Herr Klodwig.
»Nele?«
»Die Pflanze«, sagt Nele.
Die Pflanze, schreibt Herr Klodwig.
»Alle Lebewesen«, sagt er, »brauchen Licht.«
»Nur der blöde Kerl da vorne nicht«, flüstert David. »Der könnte meinetwegen in der Hölle schmoren.«

3

»Als hätten wir nicht genug zu tun. Gerade jetzt. Vor Weihnachten.« Die Mutter steht auf einem Stuhl, die Arme hochgereckt, um die Gardine vom Stubenfenster abzunehmen.
Die Stube wird selten benutzt, nur sonntags manchmal und an Festtagen. Oder wenn Besuch da ist. Wegen der Kastanienbäume vorm Fenster ist es immer dämmrig in diesem Raum, und es riecht, wie es in Räumen riecht, in denen wenig Leben ist.
»Was will dein Lehrer von mir hören? Geht es ihn überhaupt was an, ob du müde bist? Und warum?«
Die Mutter steigt vom Stuhl, legt die Gardine zusammen und stopft sie in den Wäschekorb.
»Aber du bist wirklich oft müde. Vielleicht sollten wir doch mal zum Doktor gehn.«
»Ich hab gestern Nacht noch mal nach dem Kalb gesehn«, sagt Nele, als würde das ihre ständige Müdigkeit erklären.

Die Mutter nickt. »Das hab ich mir gedacht.«

Alles in der Stube ist peinlich aufgeräumt. Soweit Nele zurückdenken kann, hat jeder Gegenstand seinen festen Platz gehabt. Nichts ist je verrückt oder fortgestellt worden. Nur wenige Dinge sind mit den Jahren hinzugekommen. Der schwere Kerzenständer auf dem Bord. Die Messingschale für die Nüsse. Der kleine Läufer vorm Schrank.

»Können wir nicht ein Klavier haben?«, fragt Nele.

Die Mutter hebt die Topfpflanzen von der Fensterbank und stellt sie der Reihe nach auf dem Tisch ab. »Für einen allein lohnt sich die Ausgabe nicht. Friedrich ist erwachsen und Tim hat kein Ohr für die Musik.«

»David hat auch ein Klavier.«

Die Mutter gibt einen gereizten Laut von sich. »Wenn Papa in einem Büro sitzen würde wie Davids Vater, dann wär das was anderes. Aber wir sind Bauern. Da ist keine Zeit für Firlefanz.«

»Ein Klavier, Mama! Das ist kein Firlefanz.«

Neles Blick streift den schäbigen Rock der Mutter, den abgetragenen Pullover, die ausgetretenen Schuhe. Die Mutter hat auch ein paar schöne Sachen im Schrank. Sie zieht sie nur nicht an. Es ist kaum Gelegenheit dazu.

»Weißt du, was die Kühlmaschine gekostet hat?«, fragt die Mutter über die Schulter.

»Ja...«

»Und der Umbau vom Kühlraum?«

»Ja...«

»Die Kacheln? Das Spülbecken?«

»Ja, aber...«

»Kein Aber, Nele. Im Frühjahr müssen wir uns einen neuen Anhänger anschaffen. Der alte hat gründlich ausgedient. Dann muss das Dach ausgebessert werden. Und außerdem...«

Nele schluckt die aufsteigenden Tränen hinunter. »Schon gut, Mama.« Sie nimmt den Wäschekorb und wendet sich zur Tür.

Die Mutter hält sie am Arm fest. »Und dann…« Sie zögert, lässt Nele los und streicht sich wie geistesabwesend das Haar aus der Stirn. »Dann gibt es noch einen anderen Grund, warum ich nicht will, dass ein Klavier ins Haus kommt.«

Nele dreht den Kopf zur Seite. Sie mag es nicht hören.

»Du bist nicht wie Friedrich oder Tim. Diese… Zustände, die du manchmal hast, vielleicht werden sie schlimmer, wenn du Klavier spielen lernst. Du musst hart arbeiten, ordentlich zupacken, um auf… dem Boden zu bleiben.«

Die Mutter holt tief Luft. Normalerweise redet sie nicht viel. Schon gar nicht über dieses Thema. Rasch drückt sie Nele an sich und schiebt sie dann aus der Stube.

Kein Klavier. Nele hätte es sich denken können. Immer fehlt es an Geld. Der Hof ist zu klein, um die ganze Familie zu ernähren.

Deshalb ist Friedrich Autoschlosser geworden, statt weiter zur Schule zu gehen. Deshalb verkauft Oma ihren Kräutertee im Ort und in der Nachbarschaft. Deshalb steht unten an der Straße ein Schild: *Hofladen. Alles frisch.*

Es sind hauptsächlich die Urlauber, die kommen, um Milch, Gemüse, Salat, Kartoffeln, Eier, Butter und Quark zu kaufen. Ihre Kinder laufen kreischend auf dem Hof, in der Scheune und im Stall herum. Sie scheuchen die Hühner auf, schleppen die Katze umher und ziehen Bettie an den Ohren. Die Katze faucht und schlägt nach ihnen, wenn es ihr zu viel wird. Bettie jedoch ist alt und zu gutmütig. Und zu langsam ist sie auch.

In den Wintermonaten sieht man hier nur wenige Urlauber. Erst im Sommer fallen sie über das Küstengebiet her, laut und fremd. Sie sind nicht beliebt bei den Leuten im Dorf, die sie

Nordrheinvandalen nennen, aber sie bringen Geld, selbst wenn es nur ein Zubrot ist.

Nele stellt den Wäschekorb in der Waschküche ab. Sie befühlt die Wäsche, die auf der Leine hängt. Die trockenen Stücke nimmt sie ab und legt sie auf dem Tisch zusammen.

Kein Klavier. Weil es die *Zustände* verschlimmern könnte. Die starke, kräftige Mutter. Nichts macht ihr Angst. Nur das, was sie Neles *Zustände* nennt.

Nele verlässt die Waschküche. In der Diele nimmt sie ihren Anorak vom Kleiderhaken, zieht ihn an und tritt aus dem Haus. Die Schulaufgaben sind fertig. Bis zum Melken hat sie heute nichts mehr zu tun.

Der Wind fährt ihr ins Gesicht. Nele verschränkt die Arme vor der Brust, um die Kälte abzuwehren. *Zustände.* Es ist ein Wort, das sie hasst. Ein Wort, vor dem sie weglaufen möchte bis ans Ende der Welt. Stattdessen läuft sie zwischen den Feldern umher. Sie kann jetzt unmöglich still sitzen, muss in Bewegung sein.

Am zugefrorenen Tümpel bleibt sie stehen, bückt sich nach einem schweren Stein und wirft ihn auf das Eis. Dumpf prallt er auf und schlittert zum Rand, wo er sich in überhängendem Gesträuch verfängt. Schlittschuhwetter. Morgen oder übermorgen wird die Eisdecke auf dem Silbersee sicher sein.

Nele geht weiter. Zu den *Zuständen* gehört auch das, was sie mit Mond gemacht hat. Sie hat es schon mit sechs Jahren gekonnt. Damals hatte sich die Katze versprungen. Sie war humpelnd nach Hause gekommen und hatte sich unter der Heizung verkrochen. Nele hatte sich zu ihr auf den Boden gelegt, die Hinterbeine betastet und gespürt, dass da etwas nicht war, wie es sein sollte.

Ihre Finger hatten sich wie von allein daran zu schaffen gemacht und es in Ordnung gebracht.

Die Katze hatte gefaucht und nach Nele geschnappt, dann hatte sie geschnurrt und ihr die Hand geleckt mit ihrer kleinen, rauen Zunge. Erst in diesem Moment hatte Nele aufgeschaut und das ungläubige Erschrecken in den Gesichtern der Eltern gesehen.

Es war nicht bei der Katze geblieben. Nele hatte verletzte Vögel aufgelesen, angeschossene Hasen, wilde, verlauste Hunde. Manche der Tiere waren trotz ihrer Pflege gestorben. Viele wurden wieder gesund.

Dann, irgendwann, hatte eine Nachbarin ihren kleinen Enkel zu Nele gebracht. »Die Hand tut ihm weh«, hatte sie gesagt, mehr nicht, und den weinenden Jungen zu Nele hingeschoben.

Nele hatte eine kaum merkliche Schwellung ertastet. Sie hatte das Handgelenk mit wenigen Griffen wieder gerichtet. Das Kind hatte nur einmal kurz aufgeschrien und dann am Daumen genuckelt. Die Nachbarin hatte es hochgehoben und Nele über seinen Rücken hinweg angeschaut mit einem Blick, in dem Dankbarkeit lag, aber mehr noch Argwohn und eine sonderbare Scheu.

An diesem Abend hatte der Vater vor Zorn gebebt. »Es gibt Ärzte! Die haben das studiert! Sie sind dazu da! Wie soll Nele können, was ein Arzt kann?«

Oma hatte versucht, ihn zu beruhigen, aber der Vater hatte sich nicht beruhigen lassen.

»Das nächste Mal schickt ihr sie weg! Ich will das nicht!«

Doch es waren andere gekommen und nicht weggeschickt worden. Und nach ihnen wieder andere. Alle hatten davon gewusst, nur der Vater nicht. Vielleicht hatte er es nicht wissen wollen.

Zustände. Nele pflückt ein paar bleiche, dürre Gräser und dreht sie in den Händen. Sie spricht die Namen leise vor sich hin. Wiesenfuchsschwanz. Zittergras. Glatthafer. Weidelgras. Knäuelgras. Rispengras. Drahtschmiele. Wolliges Honiggras.

Nele mag den ruhigen Klang dieser Worte. Er hat sie noch jedes Mal getröstet, wenn sie niedergeschlagen war. Heute tröstet er sie nicht.

Aber wenn die Mutter von *Zuständen* spricht, meint sie vor allem das andere. Das, worüber jeder in der Familie gern schweigt. Das, was ihnen Angst macht. Und nicht nur ihnen. Auch Nele. Vor allem Nele.

Dass sie nämlich sehen kann, was nicht zu sehen ist. Dinge, die geschehen oder geschehen werden. Irgendwann. Irgendwo.

Es sind diese Augenblicke, die wie Träume sind. Und doch ganz anders.

Beim Hof von Bauer Witt schlägt Nele den kleinen Feldweg ein, um abzukürzen. Sie hat plötzlich große Lust, David zu besuchen. Die Hand, in der sie die Gräser hält, ist blau gefroren. Nele haucht sie an. Weiß steht ihr Atem in der Luft.

Das flache Land liegt im Winterschlaf. Nele begegnet keinem Lebewesen außer einer streunenden Katze, die sie noch nie gesehen hat. Die Katze hält in der Bewegung inne, ein Bein vorgestreckt, und schaut zu ihr herüber. Dann duckt sie sich und huscht in langen Sätzen über den gefrorenen Acker davon.

David sitzt an den Schulaufgaben. Herr Klodwig hat mit seinen Eltern telefoniert und David schlecht gemacht. Er nehme die Schule nicht ernst genug. Er habe nur Flausen im Kopf. Er störe den Unterricht. Seitdem achtet Davids Mutter streng darauf, dass David die Aufgaben ordentlich macht.

Nele legt die Gräser auf den Tisch und setzt sich in Davids Schaukelstuhl. David stöhnt. Er hat die linke Hand in seinem dunklen Haar vergraben, während die rechte mit dem Füller über das Papier fährt.

David hat ein schönes Zimmer. Es ist bestimmt dreimal so groß wie das von Nele und Tim und hat zwei breite Fenster, durch die das Licht einfällt.

Die Regale sind voll von Büchern. David liest viel. Er hat genug Zeit dazu. Sein Vater arbeitet in der Stadt. Sie haben kein Land und kein Vieh. Es gibt keine Arbeit, bei der David mithelfen müsste.

David mag seine Bücher. Man merkt es an der Art, wie er sie hält, und daran, wie er über sie spricht. Es gibt nur eines, das er lieber mag als sie, und das ist sein Klavier.

Nele lehnt sich zurück und schließt die Augen. Sie ist gern hier, gern bei David, gern in seinem Zimmer, gern in diesem hellen, freundlichen Haus.

Davids Füller kratzt auf dem Papier. Sein Stuhl knarrt leise, wenn er sich bewegt. Neles Wangen, von der Kälte draußen gereizt, beginnen nun, in der Wärme zu glühen.

»Ich bin gleich fertig«, sagt David.

Nele lächelt. Es macht ihr nichts aus zu warten. Im Augenblick fühlt sie sich so wohl, dass es ihr nicht einmal was ausmacht, kein Klavier zu bekommen. Sie streckt die Beine aus und legt die Füße übereinander.

Mit einem Mal durchläuft sie ein Zittern. Ihre Finger verkrampfen sich um die Lehnen des Schaukelstuhls. Nele will den Kopf heben. Er ist zu schwer.

»Nele! Mach die Augen auf! Sag doch was!«

Sie spürt eine Hand auf ihrem Arm. Unendlich langsam taucht sie aus dem Dunkel auf und sieht in Davids verwirrtes Gesicht. Sie bebt am ganzen Körper.

»Mensch, Nele, was ist denn mit dir?«

Endlich lösen sich ihre schmerzenden Finger von den Lehnen.

»David«, sagt sie. »Ich hab Feuer gesehn! Ein helles, schreckliches Feuer.«

»Feuer?« David kniet sich vor sie hin. »Was für ein Feuer? Wovon redest du?«

Nele sieht ihn verzweifelt an. »Ich weiß nicht. Es war nicht deutlich genug.«

Sie greift nach seiner Hand und umklammert sie. »Ich will nicht, dass es wahr wird, David! Ich will es nicht!«

4

»Ein Feuer?« Oma lässt den Pulli sinken, an dem sie gerade irgendwas ausbessert. Sie nimmt die Brille ab und beobachtet Nele scharf. »Was hast du noch gesehen?«

»Fenster. Ziemlich hoch. Eine Gestalt. Aber es war alles verschwommen. Als hätte Nebel darüber gelegen.« Nele zerrt an ihren Fingern, bis es knackt.

Oma legt die Brille und das Stopfzeug auf den Tisch und beugt sich zu Nele vor. »Du *wolltest* es nicht richtig sehen, nicht wahr?«

Nele schiebt die Hände unter die Kniekehlen und schaukelt auf dem Stuhl vor und zurück, wie sie es als kleines Kind getan hat. Sie nickt.

»Hattest du Angst vor dem, was du noch hättest sehen können?«

»Ja. Schreckliche Angst.« Ein Rest dieser Angst ist immer noch in ihr. Nicht einmal das Schaukeln hilft dagegen.

Oma steht auf, holt ein Glas aus dem Schrank und gießt kalten Früchtetee hinein. Sie tut es mit ihren schönen, runden Bewegungen. »Hier, trink. Es wird dir gut tun.«

Nele trinkt gehorsam.

Oma nimmt ihr das Glas wieder ab, stellt es weg, tritt hinter sie und legt ihr die Hände auf die Schultern. »Irgendwann wirst du für die Bilder bereit sein. Dann ist es früh genug.«

Nele lehnt den Kopf gegen Omas weichen Bauch. Oma hat für alles die richtigen Worte.

»Warum muss ich diese Bilder sehen? Tim sieht sie nicht, Friedrich nicht, David nicht und keiner aus meiner Klasse. Warum ausgerechnet ich?«

»Manche Dinge sind, wie sie sind«, sagt Oma schlicht.

Draußen zieht sich das Licht zurück. Schatten wachsen in der Küche. Der Schein der Lampe reicht nicht bis in die Winkel. Nele verändert ihre Stellung nicht. Am liebsten bliebe sie immer so, nah bei Oma, den Kopf an sie gelehnt.

»Ich komme damit nicht klar«, flüstert sie.

»Irgendwann wirst du es verstehen. Nur kannst du es nicht erzwingen, Kleines.«

Nele schließt die Augen und reibt den Kopf an Omas Bauch. »Ich fühl mich so allein damit.«

Oma schiebt Neles Kopf sanft von sich. Sie setzt sich auf den Stuhl neben ihr. »Zu allen Zeiten hat es Mädchen gegeben wie dich. Und Frauen.«

»Solche wie du?«

Oma schüttelt lächelnd den Kopf. »Ich hab immer viel von Kräutern verstanden, hab gelernt, ihre Heilkräfte zu nutzen und meine Tees daraus zu machen. Sie haben so manches Wehwehchen gelindert, mal Schlaflosigkeit, mal Blasenschwäche, mal Verdauungsstörungen, Husten oder Hautausschlag. Mehr war es aber nie.«

Nele öffnet den Mund, um zu widersprechen. Oma hindert sie daran, indem sie ihr die Finger auf die Lippen legt.

»Trotzdem haben die Leute geredet und wer weiß was aus mir gemacht. So sind sie. Lassen nicht zu, was ihnen unheimlich ist, lassen aber auch nicht davon ab.«

»Stimmt«, sagt Nele. »Bei den Kindern in meiner Klasse ist es genauso.«

»Siehst du?« Oma streicht Nele übers Haar. »In dir stecken Kräfte, die du noch nicht einschätzen kannst. Und deshalb machen sie dir Angst. Es gibt bestimmt nicht viele Menschen mit solchen Kräften, aber es gibt sie, auch wenn du keinen von ihnen kennst.«

»Red weiter«, sagt Nele. »Hör nicht auf. Es tut so gut, mit dir darüber zu sprechen.«

Oma betrachtet zärtlich Neles Gesicht. »Und dann – was auch immer passieren mag, du hast *mich*, vergiss das nie. Mit allem kannst du zu mir kommen. Du musst es nicht allein durchstehen, hörst du?«

»Ich weiß.« Nele greift nach Omas Hand und hält sie fest. »Das weiß ich doch.«

Sie bleibt bei Oma sitzen und sieht ihr beim Stopfen zu. Die Augenblicke, in denen sie mit ihr allein sein kann, sind selten und kostbar wie vierblättriger Klee. Meistens platzt nach wenigen Minuten einer herein, der etwas von Oma will, und vorbei ist es mit dem Reden und dem Schweigen.

Diesmal ist es Tim.

»Ich hab Kohldampf«, verkündet er.

»Mach dir ein Brot«, sagt Oma.

Tim poltert in der Küche umher, reißt Schranktüren auf, schlägt sie wieder zu, lässt den Deckel vom Honigglas fallen, verschüttet Milch. Seine Wangen sind von der Kälte gerötet, seine Haare windzerzaust.

Als er die Küche wieder verlassen hat, kommen der Vater und Opa herein. Sie wollen ihren Tee.

»Himmel! So spät ist es schon? Nele und ich haben geredet und geredet und darüber ganz die Zeit vergessen.«

Oma setzt Wasser auf, spült die Kanne heiß aus, gibt Teeblätter hinein und stellt das Stövchen und die Tassen zurecht. Nele holt Sahne und Zucker aus der Vorratskammer.

»Dem Klodwig ist also auch schon aufgefallen, dass du ständig müde bist«, sagt der Vater zu Nele. Seine Hände liegen schwer auf dem Tisch.

»Er sucht einen Grund«, sagt Nele. »Er sucht immer einen Grund. Er kann David und mich nicht leiden.«

»Scheint ein ziemlicher Dummkopf zu sein, nach allem was man so hört«, wirft Opa ein. »Kam ja mal eine Weile her, um Milch und Eier zu kaufen, und blieb dann wieder weg.« Er zieht ächzend die Schuhe aus und lässt sie auf den Boden fallen. »Stand immer stocksteif da, der feine Herr, um sich bloß nicht dreckig zu machen.« Zufrieden lehnt er sich zurück und verschränkt die Arme vor der Brust. »Hatte sogar vor Bettie Angst, wenn mich nicht alles täuscht.«

»Und vor dir«, sagt Oma.

»Stimmt.« Opa grinst. »Ist jedes Mal zusammengezuckt, wenn ich ihn nur angesprochen hab. Vielleicht sollte *ich* zu ihm in die Sprechstunde gehn und ihm mal zeigen, wo der Besen hängt?«

»Wenn du nur deine Witze machen kannst.« Der Vater gibt reichlich Zucker in seine Tasse. Oma schenkt den Tee ein. Die Männer schlürfen ihn bedächtig.

»Und was, bitte, sollen wir ihm sagen?«, fragt der Vater. »Dass Nele damit beschäftigt ist, dem halben Dorf die Knochen einzurenken, und zu wenig Schlaf kriegt dabei?«

»Helge ist nicht das halbe Dorf«, sagt Oma.

Der Vater winkt mit einer matten Geste ab. »Denkt ihr wirklich, ich wüsste nicht, dass immer mal wieder Leute herkommen, die Neles Hilfe wollen?«

Nele rutscht unbehaglich auf ihrem Stuhl hin und her. »Geht doch einfach nicht hin.«

»Er ist dein Lehrer. Und wenn er sagt, dass er mit uns sprechen will, dann müssen wir uns wohl oder übel fügen.« Der Vater fasst Nele am Kinn und hebt ihr Gesicht an. »Bist wieder mal reichlich blass. Was ist los mit dir?«

»Nichts.« Nele blinzelt ins Licht. »Wirklich, Papa, mir geht's gut.«

»Zeit zum Melken«, sagt Opa, trinkt seine Tasse aus und schiebt geräuschvoll den Stuhl zurück. Erleichtert läuft Nele hinter ihm her.

Nachdem sie die Roste im Stall gesäubert hat, bringt sie Mond von Berthes Milch. Sie setzt sich ins Stroh und sieht ihm beim Trinken zu.

Mond hat den guten, frischen Geruch der Kälber. Nele atmet ihn tief ein. Sie lehnt sich zurück, stützt sich auf die Ellbogen und lauscht Monds eifrigem Schmatzen.

Das taube Gefühl in den Gliedern und die plötzliche Schwere ihres Körpers warnen sie zu spät. Sie versucht noch, sich aufzurichten, doch da knicken ihr schon die Arme weg und sie fällt ins Stroh zurück.

Gelbe, hochzüngelnde Flammen. Ein Fenster. Die Flammen lecken am Vorhang, beharrlich und schnell, bis er schließlich ganz in Feuer getaucht ist. Dichter Rauch. Eine dunkle Gestalt. Und Schreie.

»Vorsicht! Tu ihr nicht weh!«

Geräusche. Ein Rascheln, ganz nah. Bewegungen. Berührungen.

»Mach das Tor auf!«

Nele spürt, wie sie hochgehoben und getragen wird. Kälte dringt ihr in die Glieder. Türen schlagen. Die Stimme der Mutter. »Um Gottes willen! Bring sie schnell ins Bett.«

Hände, die sich an ihren Kleidern zu schaffen machen. Kühles Bettzeug. Dann Dunkelheit. Und Stille.

5

Die Praxis von Doktor Fried liegt in einer Seitenstraße des Nachbarorts. Das große, bis übers Dach von Efeu bewachsene Haus ist alt und verwohnt. Schon der Vater vom Doktor hat hier mit seiner Familie gelebt und im Erdgeschoss seine Praxis gehabt.

Der Doktor hat kaum etwas verändert. Er hat weder die schwere, geschnitzte Tür auswechseln lassen noch die Fenster mit den breiten Holzrahmen und den grünen Läden. Inmitten der Siedlung, die in den letzten Jahren ringsum entstanden ist, umgeben von modernen, gepflegten Häusern, steht das Haus des Doktors wie eine trotzige, halb vergessene Erinnerung an früher.

Es gibt ein junges Ärztepaar am anderen Ende des Orts, doch deren Praxis wird nur von den Hinzugezogenen und den Urlaubern aufgesucht. Die Einheimischen bleiben bei Doktor Fried. Er kennt sie alle und weiß, wie er sie zu nehmen hat.

Die Mutter hat sich das Haar zurechtgemacht und Lippenstift benutzt. Sie trägt das grüne Kleid und den guten Mantel und sie duftet nach Parfüm.

Im Wartezimmer sitzen Oma Schaake und Tinkers Lina. Sie ziehen die Mutter gleich ins Gespräch. Nele greift nach einer der Zeitschriften auf dem niedrigen, runden Tisch. Der Raum ist finster und schäbig. Auf der Fensterbank stehen ausgemergelte Pflanzen in zu großen bunten Übertöpfen.

»Wahrscheinlich Eisenmangel«, hört Nele die Mutter neben sich erklären. »Sie ist immer so müde in letzter Zeit. Aber ich hatte das in ihrem Alter auch.«

Es wird schon wieder dunkel draußen. Nele steht auf und

knipst das Licht an. Es nützt nicht viel. Die Leuchtröhre ist schwarz von totgebrannten Fliegen.

»Ich frage mich, wie lange der Doktor noch so weitermacht«, sagt Oma Schaake. »Er ist doch fast so alt wie ich und ich tauge nicht mal mehr zur Hausarbeit.«

Sie reibt sich das rechte Bein, das bis zum Knie gewickelt ist. »Die Kinder lassen mich nicht aus den Augen. Sogar beim Kochen passt immer einer auf mich auf.«

»Du bist doch noch gut beieinander«, sagt die Mutter.

»Alt bin ich«, beharrt Oma Schaake. »Und der Doktor ist es auch. Aber nie werd ich zu einem von den jungen, neumodischen Ärzten gehn.« Sie schüttelt den Kopf und versinkt in eigensinniges Schweigen.

»Und warum bist du mit Nele hier?«, erkundigt sie sich nach einer Weile. Sie sagt oder hört etwas und vergisst es gleich darauf.

»Weil sie ständig so müde ist und so blass«, wiederholt die Mutter geduldig.

»Ja, ja, die kleine Nele«, sagt Oma Schaake. »Ich freu mich jedes Mal, wenn ich sie seh.«

Sie legt Nele die magere, abgearbeitete Hand aufs Knie und tätschelt es. Nele widersteht dem Impuls, das Knie wegzuziehen.

»Das Mädchen weiß viel. Sie weiß mehr, als Kinder wissen sollten.« Oma Schaake starrt Nele mit ihren wässrig blauen Augen an. »Zu viel Wissen verdünnt das Blut.«

Sie wackelt bedeutungsvoll mit dem Kopf. Ihre Finger rutschen ein Stück höher und krallen sich in Neles Oberschenkel.

»Dunkles Wissen«, murmelt sie, nimmt den Blick von Nele und richtet ihn ins Leere. »Keiner sonst versteht es.«

»Was macht dein Bein?«, fragt Tinkers Lina. Sie unterdrückt ein Gähnen.

Oma Schaake hebt die Hand von Neles Oberschenkel und fährt an ihrem verbundenen Bein auf und ab. »Nu, Gott, wie's so ist mit offenen Beinen. Die Mutter hatte es und ihre Mutter auch. Mal ist's schlimmer, mal besser. Bloß laufen kann ich eben nicht mehr gut.«

Nele lässt die Zeitschrift sinken. Ihr ist kalt. Etwas Düsteres klebt an der vergilbten Tapete, hängt im Efeu vorm Fenster, wartet ab in den Ecken.

»Lass uns gehn, Mama«, flüstert sie.

Aber die Mutter bleibt sitzen. »Nur noch ein paar Minuten, Nele. Die wirst du doch aushalten.«

Aus den paar Minuten wird eine ganze Stunde. Nele hält sie aus, aber es fällt ihr schwer.

Die Hand des Doktors ist weich und warm. Seine Stimme ist ein wenig heiser. »Nele«, sagt er überrascht. »Dich habe ich ja lange nicht mehr hier gesehen.«

Er legt der Mutter freundschaftlich den Arm um die Schultern. »Ihr Bauern seid ja alle so schrecklich gesund. Lasst einem armen Landarzt wie mir kaum was zu tun.« Er setzt sich hinter seinen Schreibtisch und weist auf die beiden Stühle davor. »Wie geht's zu Hause?«

»Ganz gut«, sagt die Mutter lächelnd. »Wir sind eine zähe Familie.«

Der Doktor nickt. »Kann man wohl sagen. Hab euch schließlich allen auf die Welt geholfen und muss das wissen. Von sämtlichen Neugeborenen habt ihr am kräftigsten geschrien. Besonders der Lütte.« Er kratzt sich nachdenklich am Ohr. »Der müsste doch inzwischen auch schon, na, so ungefähr fünf sein, wie?«

»Tim?« Die Mutter lacht. »Tim geht in die erste Klasse. Aber nicht gern. Er will nicht still sitzen.«

Während die Mutter dem Doktor erklärt, warum sie hier sind, wandert Neles Blick suchend über den mit Büchern und Papieren beladenen Schreibtisch. Da ist der schwere goldglänzende Brieföffner, in dem sich warm das Licht spiegelt. Da ist das Glas mit den Himbeerbonbons. Und da ist auch der Schildkrötenpanzer mit seinen faltigen Maserungen.

Der Doktor gab ihn ihr immer in die Hand, wenn er sie impfen musste. Es war so schön, ihn zu halten und zu betasten, und gleichzeitig so grausig, dass Nele den Einstich fast gar nicht spürte.

»Nimm ihn nur«, sagt der Doktor. »Dazu liegt er ja da.«

Nele dreht den Panzer befangen in den Händen, fühlt wieder die Freude und das leise Grauen von damals, während der Doktor sie abhorcht, ihr in den Hals schaut und in die Augen und Ohren leuchtet.

»So weit scheint alles in Ordnung zu sein«, sagt er und geht zum Waschbecken, um sich die Hände zu waschen. »Morgen früh kommst du nüchtern noch einmal her, damit wir dir ein bisschen Blut abzapfen können. Danach sehen wir weiter.«

Nele legt den Schildkrötenpanzer an seinen Platz zurück und zieht sich wieder an. Der Doktor führt sie zur Tür. »Setz dich noch einen Moment ins Wartezimmer. Ich möchte mich einen Augenblick mit deiner Mutter unterhalten.«

Das Wartezimmer ist leer. Nele stellt sich ans Fenster und schaut hinaus. Im spärlichen Licht der Laterne gegenüber hastet eine Frau mit einem kleinen Kind an der Hand vorüber. Das Kind stolpert, fällt hin, beginnt zu weinen. Schimpfend reißt die Frau es hoch und zerrt es weiter.

Nele wendet sich ab und sieht sich im Zimmer um. Die hohen, altmodischen Stühle mit ihren abgeschabten Lederpolstern. Der fleckige Tisch. Die darauf verstreuten, abgegriffenen Zeitschriften. Ein vergessener Schirm an der Garderobe.

Plötzlich empfindet Nele ein solches Unbehagen, dass sie hinausstürzt und rasch die Tür hinter sich schließt.

Heftig atmend lehnt sie sich gegen die Wand. Aus Doktor Frieds Sprechzimmer dringt schwach seine Stimme. Nele kann nicht verstehen, was sie sagt. Sie bemüht sich allerdings auch nicht darum. Schließlich bricht seine Stimme ab und Nele hört die ihrer Mutter.

Die Mutter redet lange. Sehr lange für einen Menschen, der für gewöhnlich nur das Nötigste sagt. Ab und zu wird sie vom Doktor unterbrochen.

Nele bewegt sich ungeduldig. Es ist längst Melkzeit. Sie würde Mond gern selbst versorgen. Außerdem ist sie mit den Schulaufgaben noch nicht ganz fertig. Wenn ihre Matheaufgaben morgen falsch sind, wird der Klodwig sie wieder bloßstellen mit seinem Lächeln, das sich diesen geduldigen Anschein gibt und genau das Gegenteil meint.

Die Zeit vergeht quälend langsam. Dann und wann kommt die Sprechstundenhilfe leise aus einem der Zimmer, lächelt Nele zu und verschwindet ebenso leise in einem anderen. Nele kaut an der Unterlippe. Sie müsste nicht hier sein. Das Kopfweh und die Müdigkeit sind nichts, wogegen Medikamente helfen. Nele weiß, woher sie kommen. Oma weiß es auch.

Nur die Eltern wollen es nicht wahrhaben.

Endlich nähern sich die Stimmen. Die Tür öffnet sich. Der Doktor sieht Nele und schmunzelt. »Hast gelauscht, was?« In gespieltem Ernst hebt er den Zeigefinger. »Der Lauscher an der Wand hört seine eigene Schand.«

»Ich hab nicht gelauscht.« Nele stößt sich von der Wand ab. »Ich wollte bloß nicht im Wartezimmer bleiben.«

»Zu langweilig?«

»Zu … dunkel.«

»Ja, da hast du Recht. Die Lampe muss unbedingt ausgewechselt werden.« Der Doktor gibt der Mutter die Hand. »Ich nehme Nele morgen als Erste dran, damit sie in der Schule nicht so viel versäumt.« Er begleitet Nele und die Mutter zur Tür und schließt hinter ihnen ab.

»Worüber habt ihr gesprochen?«, fragt Nele im Wagen.

Die Mutter schnallt sich an, startet den Motor, schaltet die Scheinwerfer ein und setzt zurück. Sie fährt nicht gern im Dunkeln und muss sich sehr konzentrieren.

»Er hatte viele Fragen«, sagt sie, nachdem sie in die Hauptstraße eingebogen ist. »Das Gerede der Leute ist ihm zu Ohren gekommen. Sie erzählen herum, du hättest… unheimliche Kräfte.« Sie lacht bitter auf. »Dieses elende Geschwätz in einem Dorf!«

Allmählich wird es im Wagen warm. Das Ruckeln ist gleichmäßig und angenehm. Nele wehrt sich nicht gegen die plötzliche Schläfrigkeit. Sie legt den Kopf zurück und schließt die Augen.

Es ist kein tiefer, kein wohltuender Schlaf. Er schickt Nele Bilder.

Das Fenster mit dem Vorhang. Im Hintergrund ein Gesicht. Noch ist das Feuer nicht da, um Nele zu ängstigen.

Das Gesicht.

Der Körper, der zu diesem Gesicht gehört, ist sichtbar geworden, wenn auch nur verschwommen. Schwer ist er, kantig, breit.

Nele schiebt das Bild weg. Sie wendet ihre Aufmerksamkeit dem Fenster zu.

Der Vorhang bläht sich, denn das Fenster ist geöffnet. Von fern hört Nele Kinderstimmen. Sie hört Lachen, Rufe und etwas, das wie das Zwitschern von Vögeln klingt. Dann wird das Fenster geschlossen.

Mit einem Mal regt sich in Nele leise die Angst. Groß steht

die Gestalt am Fenster, dunkel, still. Sie hat Nele den Rücken zugekehrt. Die hellen Stimmen sind nur noch schwach zu hören, seit das Fenster geschlossen ist.

Nele spürt ein Rucken und wacht auf.

Die Mutter hat den Wagen hinter die Scheune gefahren und den Motor abgestellt. »Schlafmütze«, sagt sie zärtlich. »Wir sind da.« Sie schaltet das Licht aus und öffnet die Wagentür.

Die Fenster von Stall und Küche sind erleuchtet. Bettie läuft hinter dem Drahtgeflecht des Zwingers auf und ab und gibt freudige Laute von sich. Nele begrüßt sie und folgt dann der Mutter in die Küche.

Oma wärmt ihnen das Essen auf. Tim, froh über die Unterbrechung, schiebt das Schreibheft weg. Friedrich faltet die Zeitung zusammen und legt sie beiseite. Neben ihm auf der Bank liegt lang ausgestreckt die Katze.

»Hallo, Katze«, sagt Nele leise und streichelt sie. Niemand ist je auf den Einfall gekommen, der Katze einen Namen zu geben. Eines Tages hatte sie am Scheunentor gesessen, halb verhungert, mit verfilztem Fell und glanzlosen Augen. Klaglos hatte sie zu Nele aufgeschaut und war geblieben.

Bald hatten sie entdeckt, dass sie in Wirklichkeit ein Kater war, nur ein wenig zu klein, zu unscheinbar geraten. Trotzdem wurde sie weiter *Katze* genannt.

Als könne sie Gedanken lesen, betrachtet die Katze Nele aufmerksam mit ihren schmalen gelben Augen. Sie streckt sich, gähnt, leckt sich kurz über die Pfoten und beginnt, laut zu schnurren.

Die Mutter erzählt von ihrem Besuch beim Doktor. Sie richtet seine Grüße aus.

Dann trägt Oma das Essen auf. Sie setzt sich zu ihnen und treibt Tim an, sich mit den Hausaufgaben zu beeilen. Friedrich steht auf, um noch an dem Motorrad eines Kumpels zu arbeiten. Er benutzt die alte Scheune, in der die Traktoren und Geräte aufbewahrt werden, als Werkstatt.

»Wenn du mit dem Kram für die Schule fertig bist«, sagt er im Hinausgehen zu Nele, »kommst du dann noch ein bisschen rüber?«

Nele verspricht es.

»Und ich?«, fragt Tim.

»Du gehst ins Bett«, sagt die Mutter.

»Ich bin aber noch kein bisschen müde.«

»Nicht müde? Du hast ja schon ganz kleine Augen.«

»Hab ich nicht!« Tim reißt die Augen auf. »Guck, wie groß die sind.«

Die Mutter verbeißt sich ein Lachen. »Morgen ist auch noch ein Tag, Tim.«

Maulend beugt Tim sich über das Heft.

»Friedrich arbeitet zu viel«, sagt Oma bekümmert.

Die Mutter nickt. »Er ist ein guter Junge. Und wir können weiß Gott jeden Cent brauchen.«

Nach dem Essen bringt die Mutter Tim ins Bett. Nele nimmt sich die Matheaufgaben vor. Minuten später sitzt sie da, den Kopf in die Hand gestützt, und hat ihre Umgebung vergessen. Vielleicht wird sie der Klodwig morgen übersehen, wenn sie jetzt keinen Fehler macht.

6

»Wer hat dir dabei geholfen?«

»Keiner.« Nele hebt trotzig den Kopf, weicht schließlich jedoch dem Blick von Herrn Klodwig aus.

»Keiner, soso. Dann komm doch mal her und rechne uns die ersten beiden Aufgaben an der Tafel vor.«

Nele erhebt sich von ihrem Platz und geht nach vorn. Sie nimmt ein Stück Kreide und schreibt die erste Aufgabe hin.

Die anderen schweigen. Es ist, als wäre auch draußen mit einem Mal alles still. Nicht einmal Vogelstimmen sind zu hören.

Ein leises, pochendes Geräusch unterbricht die Stille. Ohne hinzusehen, weiß Nele, dass Herr Klodwig mit den Fingern auf das Pult trommelt. Sie bemüht sich, nicht darauf zu achten, presst entschlossen die Lippen zusammen.

Aus den Augenwinkeln sieht sie, dass Herr Klodwig zum Fenster geht und dort stehen bleibt.

Nele hält die Luft an.

Das Fenster. Die schwere, breite Gestalt.

Verstohlen späht Nele hinüber. Mit gespreizten Beinen, die Hände auf dem Rücken verschränkt, steht Herr Klodwig da und schaut hinaus.

»Schon am Ende?« Er dreht sich um. Nele fasst die Kreide fester. Sie zerbricht ihr zwischen den Fingern.

Ein zögerndes Kichern hinten in der Klasse, das sofort wieder verstummt. Nele bückt sich nach dem abgebrochenen Kreidestück, legt es in den Tafelkasten und rechnet weiter.

Die Bilder. Haben sie die Schule gemeint?

Die hohen Fenster. Die Kinderstimmen.

Was auch immer geschehen mag, es wird hier geschehen. Wahrscheinlich in der Pause, wenn die Kinder auf dem Schulhof sind. Und es wird mit Herrn Klodwig geschehen.

Nein, nicht unbedingt. Auch andere Lehrer sind groß und schwer. Herr Stohns zum Beispiel, Herr Hauk oder der Pfarrer.

Die zweite Aufgabe. Nele zwingt sich, nicht weiter an die

Bilder zu denken, sich nur auf die Zahlen zu konzentrieren. Sie achtet auch nicht mehr auf Herrn Klodwig, der immer noch am Fenster steht, dunkel gegen das Licht.

Nele schreibt die letzte Zahl hin und lässt den Arm sinken. Abwartend steht sie da, den Blick auf Herrn Klodwig gerichtet. Der stochert mit einem entzweigebrochenen Streichholz in den Zähnen. Er schaut auf die Tafel, zieht die Augenbrauen hoch, sieht genauer hin. »Es geschehen noch Zeichen und Wunder«, sagt er. »Setz dich.«

David grinst Nele an. »Dem hast du's aber gegeben«, flüstert er. »Der ist ja fast grün angelaufen vor Wut. Jetzt muss er sich jemand anders suchen, um seinen Frust loszuwerden.«

»Ach, David«, sagt Herr Klodwig. »Hättest du vielleicht die Güte, uns die nächste Aufgabe vorzurechnen?«

»Mist«, flüstert David, schiebt den Stuhl zurück und geht nach vorn.

Er hat weniger Glück. Die Hände in den Hosentaschen, schlendert Herr Klodwig hinter ihm auf und ab. David wird nervös, verschreibt sich, wischt aus, verbessert, verschreibt sich noch einmal.

»Na, das können wir wohl getrost vergessen«, sagt Herr Klodwig scharf, als David fertig ist. Er nimmt den Schwamm und wischt Davids Zahlenreihe aus.

»Unser Freund David scheint seinen Kopf mehr für andere Dinge zu gebrauchen. Falls er ihn überhaupt gebraucht, was ich allmählich zu bezweifeln wage.« Er schickt David an seinen Platz zurück und sieht sich nach einem neuen Opfer um.

Die Kinder atmen auf, als es endlich klingelt und Herr Klodwig seine Tasche packt.

»Dieses Ekelpaket!« David lehnt sich angewidert zurück. »Uns fertig zu machen, ist ja schon fast ein Tick bei ihm.«

»Er kann mich eben nicht ausstehn«, sagt Nele. Sie baut die

Deutschsachen vor sich auf. »Und weil du zufällig mein Freund bist, hat er's auf dich gleich mit abgesehn.«

»Aber warum? Er muss doch einen Grund dafür haben.«

Nele zuckt mit den Schultern. »Erstens, weil er was gegen Bauern hat. Und zweitens, weil… die Leute über mich reden. Du weißt schon.«

»Ach ja.« David beugt sich begeistert zu Nele hin. »Könntest du ihm nicht mal ein bisschen die Knochen verrenken? Was in die eine Richtung funktioniert, das klappt vielleicht auch andersrum. Nein? Ooch! Bitte! Sei doch so gut und tu's.«

Nele lacht. »Führ mich bloß nicht in Versuchung.«

Nach Mathematik ist Deutsch die reine Erholung für Nele. Am schönsten ist es, wenn Frau Tönnhoff ihnen Geschichten erzählt.

Heute erzählt sie die Geschichte von Don Quichotte.

Wie gebannt hört Nele zu, den Blick fest auf Frau Tönnhoff gerichtet, die zwischen Fenster und Tür hin und her geht und die Worte lebhaft mit ihren schmalen weißen Händen begleitet.

Nele wird sich rasch klar darüber, dass sie diesen Don Quichotte nicht mag. Es macht sie ärgerlich, wie er den armen Sancho Pansa behandelt, so kühl und von oben herab.

Über seinen Wahn kann sie nicht lachen, wie es die andern tun, selbst David neben ihr. Don Quichotte erinnert sie an Oma Schaake, wenn die auch nicht gegen Windmühlen kämpft, sondern nur gegen ihre Vergesslichkeit.

Aber Don Quichotte erinnert Nele auch an sich selbst. Wie sie sieht er Dinge, die es gar nicht gibt. Nur dass die Dinge, die Nele sieht, Wirklichkeit werden.

Wie damals, als die Sache mit Bauer Witt passierte.

Bauer Witt war in die Kreisstadt gefahren, um auf dem Viehmarkt einen Bullen zu kaufen. Nele hatte seiner Frau eine Tüte von Omas Blasentee gebracht, und die Bäuerin reichte Nele eine von den gerollten Waffeln, die sie gerade gebacken hatte.

»Da, koste mal.«

Die Waffel war, wie sie sein sollte, knusprig, würzig und hauchdünn. Als Nele sie aufgegessen hatte, legte die Bäuerin ihr noch ein paar Waffeln auf den Teller und stapelte die übrigen in eine große Milchkanne, um sie möglichst lange frisch zu halten.

Die Küche war in Sommerlicht getaucht. Sonnenflecken tanzten auf dem Boden und an den Wänden. Die Gardine wehte leise im Wind. Nele saß auf der Bank, Witts einäugige Katze auf dem Schoß, und hörte der Bäuerin zu, die erzählte, warum sie den alten Bullen hatten verkaufen müssen.

Plötzlich fiel ein Schatten in die Küche. Die Stimme der Bäuerin wurde zu einem unverständlichen Raunen. Der Duft der Waffeln verblasste.

Neles Körper versteifte sich. Fauchend sprang die Katze von ihrem Schoß. Nele schlug die Hände vors Gesicht und stöhnte auf. Dann schwankte sie unter dem Ansturm der Bilder.

Ein Platz mit vielen Menschen darauf. Heiteres Stimmengewirr.

Rinder, Schweine, Pferde. Hitze und der Geruch nach Vieh und Schweiß.

Männer und Frauen, die beim Reden mit den Armen fuchtelten.

Etwas veränderte sich. Die Stimmen wurden laut und erregt. Männer liefen zusammen, stießen Schreie aus.

In ihrer Mitte Bauer Witt. Er lag am Boden und bewegte sich nicht. Sein Hemd war zerrissen und blutgetränkt.

Neles Finger irrten über den Tisch, schoben den Teller mit

den Waffeln zu Boden, wo er klirrend zersprang. Die Bäuerin rüttelte sie an den Schultern.

»Nele! Kannst du mich hören?«

Die Bilder brachen so plötzlich ab, wie sie gekommen waren. Nele schlug die Augen auf und schüttelte sich. Sie stammelte eine Entschuldigung, bückte sich nach den Scherben, vermied es, das bestürzte Gesicht der Bäuerin anzusehen. Hastig sammelte sie die Scherben und die Waffelstücke auf, trug sie zum Abfalleimer, verabschiedete sich und lief aus der Küche.

Über das, was sie gesehen hatte, sprach sie mit niemandem.

Am Abend kam die Nachricht, dass man Bauer Witt ins Krankenhaus gebracht hatte. Beim Verladen in den Viehanhänger hatte sich der neue Bulle losgerissen und ihn niedergetrampelt.

Zwei Wochen später wurde Bauer Witt aus dem Krankenhaus entlassen. Er war blass und dünn und hinkte. Noch Monate danach benutzte er beim Gehen einen Stock.

Nele streicht sich über die Stirn. Sie hat Mühe, sich wieder zurechtzufinden.

»Für morgen«, sagt Frau Tönnhoff eben, »schreibt ihr mir bitte eine Nacherzählung dieser Geschichte.«

Rascheln von Papier, das Scharren von Füßen, das Quietschen von Stühlen, die zurückgeschoben werden, dann Davids Hand auf Neles Arm.

»Kommst du?«

Nele nickt. Sie holt ihr Pausenbrot hervor und folgt David die Treppe hinunter. Wie war die Geschichte von Don Quichotte ausgegangen?

»Du musst mir alles noch mal erzählen«, sagt sie zu David. »Ich hab die Hälfte nicht mitgekriegt.«

Seltsamerweise wundert sich David gar nicht darüber. Mit glänzenden Augen fängt er an zu reden und hört überhaupt nicht mehr auf. Nein, auch wenn David von ihm beeindruckt ist, Nele mag diesen Don Quichotte nicht.

In der Physikstunde lässt Herr Klodwig Nele in Ruhe. Wenn er Experimente vorführt, ist er so hingerissen von seiner eigenen Begeisterung, dass er für nichts sonst Aufmerksamkeit hat.

Er wendet sich fast nur an Malte, Vera und Karsten, die besten in diesem Fach. Sie verstehen so viel davon, dass die meisten ihnen längst nicht mehr folgen können.

Erst am Ende der Stunde erinnert sich Herr Klodwig wieder an Nele und David. Sie müssen aufräumen, während die anderen schon in die Pause gehen.

Herr Klodwig öffnet ein Fenster. Kalt strömt die Luft herein. Physik wird im Chemieraum unterrichtet. Nele mag den Geruch in diesem Raum nicht. Ihr wird übel davon. Unauffällig schnuppert sie zum Fenster hin.

Herr Klodwig macht Eintragungen ins Klassenbuch, nimmt seinen roten Kalender aus der Jackentasche und schreibt etwas hinein. Nele und David bewegen sich wie auf Zehenspitzen.

Kurz bevor sie fertig sind, stößt Nele gegen ein Gestell mit Reagenzgläsern. Es fällt zu Boden. Das Glas zersplittert. Wie versteinert steht Nele da und starrt die Scherben an.

Herr Klodwig klappt den Kalender zu. »Nun hör schon auf zu glotzen und setz dich in Bewegung! Hol was zum Aufkehren.«

Doch das hat David bereits besorgt.

»Wer mit Chemikalien umgeht«, sagt Herr Klodwig gereizt, »darf alles mögliche sein. Nur eines nicht: ungeschickt. Mit seiner Ungeschicklichkeit kann er ein ganzes Haus in die Luft sprengen.« Er verstaut den Kalender wieder in der Jackentasche und steht auf.

»Aber ihr zwei werdet das wohl nie kapieren.«

Draußen zieht Nele die Schultern hoch. Die Zähne klappern ihr aufeinander.

»Na«, sagt David, »so schlimm war's nun auch wieder nicht. Mach doch nicht so ein Gesicht.«

Nele ringt sich zu einem Lächeln durch.

David schüttelt den Kopf. »Der Klodwig ist ein mieser Typ. Das weiß jeder. Aber dass er dir so eine Angst einjagt…«

Nele stößt die Hände in die Taschen. »Das ist es ja gar nicht«, sagt sie leise.

Eine Horde von Kindern rennt schreiend an ihnen vorbei. Zwei Mädchen rempeln Nele an, bringen sie zum Stolpern.

»Ich hab's *gesehn,* David! Ich hab *gewusst,* dass ich gegen die Reagenzgläser stoßen würde. Ich wusste sogar, was der Klodwig danach sagen würde.«

Sie bleibt stehen. Ihr Gesicht ist bleich. Nur ihre Nase ist rot von der Kälte.

»Verstehst du, David, ich hab es im Voraus gewusst, jedes einzelne Wort!«

7

Die Sprechstundenhilfe, schon im Mantel, hält der Mutter und Nele die Tür zum Wartezimmer auf. »Es ist noch ein Patient beim Doktor«, sagt sie. »Aber es kann nicht mehr lange dauern.« Sie nimmt einen Stoß Briefe von dem Schreibtisch im Flur, hängt sich ihre Tasche über die Schulter und verlässt mit einem flüchtigen Gruß die Praxis.

Das Ergebnis der Blutuntersuchung war in Ordnung gewesen. Der Doktor hatte ein langes Gespräch mit der Mutter allein geführt.

»Jetzt möchte er sich noch mal mit dir unterhalten«, hatte die Mutter zu Nele gesagt.

Sie hatte nach dem Spültuch gegriffen und den Küchentisch abgewischt, obwohl sie es ein paar Minuten zuvor schon getan hatte. Dann wischte sie den Herd und die Arbeitsplatte ab, obwohl auch das schon erledigt war, und fügte hinzu: »Ich war ganz offen zu ihm. Er wollte alles über deine … Zustände wissen. Vielleicht liegt es ja wirklich daran, dass du dich oft so schlecht fühlst.«

Nele stockte der Atem. »Du hast es ihm *gesagt*?«

Die Mutter rückte den Kessel zurecht, den Salztopf und zupfte ein welkes Blatt von der Grünlilie auf der Fensterbank. Sie schaute Nele nicht an. »Der Doktor kennt dich seit deiner Geburt. Er darf alles wissen.«

»Und worüber will er mit mir sprechen?«

Die Mutter hob die Schultern. »Das hat er mir nicht gesagt.«

Endlich setzte sie sich hin und nahm Neles Hände in ihre. »Wenn du wirklich besondere … Kräfte hast, dann müssen wir auf irgendeine Weise damit fertig werden. Vielleicht kann uns der Doktor dabei helfen.«

Im Wartezimmer ist niemand mehr. Doktor Fried hat sie als Letzte bestellt. Er hatte gesagt, er wolle sich für Nele Zeit nehmen und von niemandem gestört werden.

Nele und die Mutter warten schweigend. Die Mutter spielt nervös mit dem Schloss ihrer Handtasche, öffnet es und lässt es wieder zuschnappen. Bei jedem Klacken fährt Nele neben ihr zusammen.

Im Flur klingelt ein paarmal das Telefon. Eine späte Fliege umsurrt das trübe Licht.

Wie sehr die Hände der Mutter an Kraft zu verlieren scheinen, wenn sie nicht in der vertrauten Umgebung ist. Die Hände sind an Arbeit gewöhnt. Sie können nicht still halten.

Der Doktor ruft Nele in das Sprechzimmer. Er empfängt sie an der Tür, legt ihr den Arm um die Schultern, führt sie zu dem Stuhl, auf dem sie auch das letzte Mal gesessen hat, und setzt sich neben sie.

»Nun, Mädchen«, sagt er in einem munteren Tonfall. »Ich dachte, wir setzen uns mal zusammen und reden ein bisschen.«

Nele schweigt und wartet ab. Der Doktor lehnt sich zurück und schweigt ebenfalls. Schließlich beugt er sich vor und betrachtet nachdenklich seine Hände.

»Sag mal, Nele, hast du Vertrauen zu mir?«

Er greift nach dem Schildkrötenpanzer und fährt seinen braunen und bernsteinfarbenen Zeichnungen mit dem Finger nach. »So wie früher, meine ich, als ich dir diesen Panzer gegeben habe, wenn ich dir wehtun musste?«

Nele nickt.

»Fragen können auch wehtun«, sagt er. »Trotzdem muss ich sie dir stellen, wenn ich dir helfen will.«

Er hält ihr den Panzer hin.

»Nimmst du ihn und vertraust mir wie damals?«

Zögernd streckt Nele die Hand nach dem Panzer aus.

»Gut«, sagt der Doktor. »Und nun hör mir mal zu. Ich habe einen Freund. Er heißt Ludwig Krill. Wir sind zusammen zur Schule gegangen.« Er lächelt bei der Erinnerung. »Weißt du, er ist ein wirklich guter Freund. Einer, wie man ihn selten findet.«

Nele lehnt sich zurück, den Schildkrötenpanzer auf dem Schoß. Sie fühlt, wie ihre Unruhe allmählich nachlässt.

»Er ist Psychologe. Weißt du, was ein Psychologe tut?«

Nele schüttelt den Kopf.

»Er hilft Menschen, ihre Gedanken und Gefühle zu klären. Weil sich die Gedanken und Gefühle nämlich manchmal verwirren. Und dann gibt es Augenblicke, in denen kann man allein nicht mehr vor und nicht mehr zurück.«

Nele nickt. Das kann sie sich vorstellen.

»Mein Freund hat eine Praxis gehabt. Aber vor einigen Jahren hat er sie aufgegeben. Seitdem widmet er sich ganz einem Gebiet, das ihn schon immer begeistert hat, der Parapsychologie. Weißt du, was das ist?«

Er wartet Neles Antwort nicht ab. »Nein, wie solltest du auch. Die Parapsychologie erforscht vor allem Vorgänge, die man als außersinnliche Wahrnehmungen bezeichnet.«

Der Doktor steht auf und hebt die Hände. »Das ist schwer zu erklären. Es geht dabei um einen Bereich, den die meisten Menschen nie betreten. Menschen mit übersinnlichen Fähigkeiten erleben das, was deine Mutter *Zustände* nennt. Verstehst du das?«

Nele schaut betroffen zu ihm auf.

»Ludwig Krill ist ein angesehener Mann auf diesem Gebiet. Er hat Bücher darüber geschrieben und er reist umher und hält Vorträge. Ich kenne niemanden, der mehr darüber weiß als er.«

Der Doktor geht zum Fenster und zeigt hinaus. »Das da draußen ist eine Straße. Ich sehe Häuser, Bäume, Sträucher und zwei Laternen. Ich sehe das Licht der Laternen und drum herum die Dunkelheit. Menschen wie du sehen mehr. Sie können Dinge erkennen, die dahinter verborgen sind. Es ist etwas ganz Besonderes, weißt du das?«

»Ich will aber gar nicht mehr sehen als andere Leute«, sagt Nele. »Es macht mir Angst.«

Der Doktor dreht sich zu ihr um. »Natürlich macht es dir Angst. Weil man viel zu wenig Informationen darüber hat. Leute wie Ludwig Krill versuchen, dieses dunkle, unbekannte Gebiet zu beleuchten. Aber um bei ihren Forschungen weiterzukommen, brauchen sie die Hilfe von Menschen wie dir.«

»Und ich soll…«

»Du sollst gar nichts, Nele. Niemand zwingt dich, etwas zu tun, was du nicht möchtest. Ich erzähle dir nur von meinem Freund.«

Der Doktor setzt sich wieder neben Nele und legt ihr die Hand auf die Schulter. Nele presst den Schildkrötenpanzer an die Brust.

»Bin ich krank?« Die Frage kommt ganz leise.

»Aber nein! Im Gegenteil. Deine Hände machen gesund, wie ich höre. Tief in dir stecken Kräfte, von denen die meisten Menschen nicht einmal eine Ahnung haben.«

Nele zieht die Knie an und kauert sich in den Stuhl. Es tut gut, den Doktor so reden zu hören. Er spricht über ihre Kräfte, als wären sie so normal wie die Fähigkeit, Gitarre oder Klavier zu spielen.

»Dass ich helfen kann«, sagt sie, »macht mir ja auch keine Angst. Es ist das andere. Ich sehe…« Sie senkt den Blick und bringt nur noch ein Flüstern zustande. »…Bilder.«

»Erzähl mir davon.«

Nele wünschte, sie hätte Worte dafür. Sie wünschte, sie wäre nicht so unbeholfen und müsste nicht so stammeln.

»Es ist wie in einem Traum. Etwas passiert in diesem Traum. Und dann, irgendwann, wird es wahr.«

Der Doktor zeigt keine Regung. Seine Miene verrät kein Erschrecken, nicht mal ein Erstaunen.

»Manchmal sind es hässliche Bilder. Manchmal… halte ich sie kaum aus.«

»Und sie treffen immer ein?«

Nele schüttelt den Kopf. »Nicht immer. Und nicht immer genau so, wie ich sie gesehen hab. Aber oft.«

Sie verstummt. Plötzlich kann sie nicht anders, als den Kopf an Doktor Frieds Schulter zu lehnen.

»Als Landarzt«, sagt er nach einer Weile, in der er jede Bewegung vermieden hat, um Nele nicht zu stören, »weiß ich viel über den Körper des Menschen. Über die Dinge, von denen du sprichst, weiß ich so gut wie nichts. Deshalb habe ich dir von meinem Freund erzählt. Bei ihm ist das anders. Wenn du einverstanden bist, rufe ich ihn an und bitte ihn herzukommen. Wenn du ihn erst einmal kennen gelernt hast, können wir weitersehen.«

Neles Blick fällt auf das Fenster. An der rechten Seite hängt ein schwerer roter Vorhang, der bis zum Boden reicht. Sie fröstelt. Sie kämpft einen kurzen, schweren Kampf mit sich.

Dann nickt sie.

Der Doktor löst sich behutsam von ihr. »Fein.« Er zwinkert ihr zu, geht zur Tür und ruft die Mutter herein.

8

»Kommt überhaupt nicht infrage!«

Tim zuckt zusammen und starrt den Vater neugierig an. So wütend hat er ihn selten erlebt.

»Meine Tochter ist gesund. Das sagt der Doktor. Und sie ist völlig normal. Das sage *ich.* Seit wann haben wir in unserer Familie einen Seelenklempner nötig?«

»Und wie erklärst du dir Neles Zustände?« Die Mutter ist ebenfalls laut geworden. »Wie erklärst du dir ihre Ohnmachten, die Kopfschmerzen und die ewige Müdigkeit?«

Der Vater winkt ab. »Entwicklungsgeschichten. Mädchen haben das in ihrem Alter.«

»Ich hatte das nicht«, sagt die Mutter mit Entschiedenheit. Sie wendet sich zu Oma. »Oder?«

»Nein«, bestätigt Oma. »Du hattest das nicht.«

Die Mutter nickt befriedigt.

»Aber ich«, fügt Oma hinzu. »Es war bei mir nicht halb so schlimm wie bei Nele, aber doch so, dass die Familie sich Sorgen gemacht hat.«

»Na bitte«, sagt der Vater. »Und heute bist du ganz normal, oder nicht?«

Oma streift Opa mit einem raschen, zärtlichen Blick. »Hab lange dazu gebraucht.«

»Wahrhaftig«, sagt Opa lächelnd, »das hast du.«

Der Vater macht eine gereizte Bewegung mit den Händen. »Du meine Güte! Kräuterkundige Frauen hat es zu allen Zeiten gegeben.«

»Man nannte sie früher Hexen.« Opa sieht den Vater eindringlich an. »Und sie wurden für das, was sie wussten, verbrannt.«

»Richtig verbrannt?« Tim horcht auf. »In einem richtigen Feuer?«

»Tim, du gehst ins Bett!« Die Mutter schaut auf die Wanduhr über der Küchentür. »Es ist acht vorbei. Morgen kommst du wieder nicht aus den Federn und zeterst, weil du nicht in die Schule willst.«

»Acht Uhr.« Tim schnaubt verächtlich. »Die andern aus meiner Klasse dürfen viel länger aufbleiben.«

»Du hast gehört, was ich gesagt habe. Was die andern machen, ist mir egal. Außerdem sind solche Gespräche nichts für dich. Sie regen dich nur auf.«

»Hexen können doch auf Besen fliegen«, sagt Tim in der Hoffnung, die Mutter ließe sich ablenken. »Warum sind die nicht einfach weggeflogen? Warum haben die sich fangen lassen?«

»Niemand kann auf einem Besen fliegen.« Die Mutter zieht

Tim vom Stuhl, gibt ihm einen Kuss und schiebt ihn energisch zur Tür. »Morgen können wir reden, so viel du willst. Jetzt wird geschlafen.«

»Ich will aber nicht!« Tim verschränkt trotzig die Arme vor der Brust. Doch die Mutter lässt sich nicht umstimmen. Sie hebt ihn hoch und trägt ihn ohne ein weiteres Wort nach oben.

»Vielleicht fragt endlich mal einer Nele, was *sie* eigentlich will«, sagt Friedrich, als die Mutter wieder in die Küche kommt. »Vielleicht wär es ja ganz gut für sie, sich mal mit diesem Psychofritzen zu unterhalten. Er hat wahrscheinlich Erklärungen. Im Gegensatz zu uns.«

Alle Blicke richten sich auf Nele.

»Wenn er ein bisschen so ist wie der Doktor«, sagt sie zögernd, »dann würd ich's machen. Er schreibt Bücher über Leute wie mich. Der Doktor sagt, er weiß eine Menge.«

Friedrich nickt. Es ist einer der wenigen Abende, an denen er nicht unterwegs ist oder an irgendwelchen Autos oder Motorrädern bastelt. Sie sind schön, die Abende mit ihm.

»Und wenn er ihr schadet mit seinem Hokuspokus?«, fragt der Vater. »Ein Parapsychologe!« Er spuckt das Wort beinahe aus.

»Wir sind ja schließlich auch noch da«, sagt Friedrich ruhig. »Ich würde ihm nicht raten, Nele auch nur ein Haar zu krümmen.«

Seine rechte Hand hat sich auf seinem Knie zur Faust geballt. Die linke liegt friedlich auf dem Tisch, die Nägel schwarz gerändert von Öl und Wagenschmiere. Friedrich bürstet die Nägel jeden Abend, doch immer bleiben Spuren zurück.

Nele lächelt. »Deine Hände. Sie sind wieder nicht sauber geworden.«

Friedrich hebt die Hände und betrachtet sie. »Hast du die jemals sauber gesehen?«

»Nö.« Nele grinst. »Mit sauberen Händen würd ich dich glatt nicht erkennen.«

»Lenkt nicht vom Thema ab.« Die Mutter steht auf, um sich ein Stück Kuchen abzuschneiden. Sie hat sich noch nicht umgezogen, trägt immer noch das gute Kleid. »Der Doktor wartet auf eine Antwort.«

»Meine Antwort ist *Nein*«, sagt der Vater. »Ich lasse nicht zu, dass fremde Leute an meiner Tochter herumexperimentieren. Sollen sie sich ihren Nobelpreis doch anders verdienen.«

»Opa«, sagt Friedrich, »was meinst du?«

Opa hebt die Schultern. »Zu meiner Zeit hat man von solchen Leuten nichts gehört. Ich hab keine Ahnung, was so ein Mann macht und wie er arbeitet. Aber wenn er ein Freund vom Doktor ist ...«

»Und du, Oma?«

»Ich hab kein gutes Gefühl dabei.« Oma schüttelt den Kopf. »Wir kennen ihn nicht.«

»Mama?«

Die Mutter steht am Fenster und schaut auf den dunklen Hof hinaus. Sie legt das angebissene Kuchenstück auf den Teller zurück. »Der Doktor hat's vorgeschlagen. Hat er je was getan, was den Kindern geschadet hätte?« Sie verschränkt die Arme vor der Brust, als wäre ihr plötzlich kalt. »Nele«, sagt sie, »geh ins Bett. Es ist spät geworden. Morgen sehen wir weiter.«

Leise betritt Nele das Zimmer, das sie mit Tim teilt. Tim stöhnt im Schlaf. Zusammengerollt wie ein Fötus liegt er da. Die Bettdecke ist verrutscht und hat sich um seine Beine verwickelt. Nele zieht sie vorsichtig hervor und breitet sie über ihn.

»Feuer«, wimmert Tim. »Feuer.«

Nele streichelt sein Gesicht. »Pscht, Tim. Es ist nur ein böser Traum.«

Beim Klang ihrer Stimme beruhigt sich Tim augenblicklich. Er dreht sich auf den Rücken und zieht die Decke ans Kinn.

Nele schiebt die Vorhänge ein Stück auseinander und schaut hinaus. Es schneit. Dicke Flocken trudeln im schwachen Lichtschein, der durch das Küchenfenster in den Hof fällt.

»Schnee«, sagt Nele, als wäre Tim wach und hörte ihr zu. »Kein Feuer, Tim. Schnee. Vielleicht reicht es morgen schon zum Skilaufen.«

Am Morgen schneit es immer noch. Hell schimmert das Land in der Dunkelheit.

Tim stöbert im Schrank nach seinem Schneeanzug. Er reißt Pullover und Wäschestücke heraus, stopft sie achtlos wieder hinein.

»Holen wir gleich den Schlitten aus dem Schuppen, Nele? Nehmen wir ihn mit zur Schule? Ziehst du mich?«

Er wirbelt durchs Haus, wäscht sich freiwillig, putzt sich freiwillig die Zähne, zieht sich freiwillig an. Auch Nele beeilt sich. Sie müssen eine halbe Stunde früher los, wenn sie nicht mit dem Rad zur Schule fahren.

Der Kessel dampft auf dem Herd, als Nele in die Küche kommt. Die Katze liegt träge bei der Heizung. Der Tisch ist schon gedeckt.

Nele und Tim nehmen sich kaum Zeit für das Frühstück.

»Schlingt nicht so«, sagt Oma. »Ihr kommt schon noch früh genug nach draußen.«

Die Mutter sieht Nele aufmerksam an. »Du bist schon wieder so blass, Kind. Richtig weiß. Fühlst du dich nicht wohl?«

»Weiß wie Schnee«, sagt Tim. »Das hatten wir neulich in einem Gedicht.«

»Selber weiß wie Schnee.« Nele kitzelt ihn, bis er vom Stuhl rutscht und sich japsend auf dem Boden wälzt.

Als Nele eine halbe Stunde später das Haus verlässt, sitzt Tim bereits auf dem Schlitten, dick vermummt, den Ranzen umgeschnallt und zapplig vor Ungeduld.

Die Schneedecke ist nicht mehr unberührt. Tims Fußspuren haben sich eingedrückt und die der Männer. Zwischen ihnen führt Betties kleine Spur vom Zwinger zum Stall.

Nele streift die Handschuhe über, nimmt den Strick, wickelt ihn sich ums Handgelenk und zieht Tim hinter sich her. Auf der Hälfte des Wegs kommt David ihnen entgegen. Mütze und Schal lassen nur seine Augen frei. Nele und er wechseln sich beim Ziehen ab.

»Schneller!«, ruft Tim. »Schneller!«

Sie rennen ein Stück und verschnaufen dann atemlos.

Die Zweige der Tannen sind schwer von Schnee. Im Licht der einzigen Laterne auf dem Weg glitzert und funkelt es. Nele legt den Kopf in den Nacken. Sanft berühren die Schneeflocken ihr Gesicht.

Sie haben die Straße noch nicht erreicht, als Nele merkt, dass ihr schwindlig wird.

»David!«, ruft sie noch, da schlägt sie auch schon hin und alles um sie her wird schwarz.

Doch Feuerzungen lecken die Schwärze auf.

Der Vorhang flattert im Wind.

Die Schreie schmerzen Nele in den Ohren.

Diesmal spürt sie auch die Hitze, riecht den beißenden Qualm.

Sie windet sich unter der Angst. Die Hitze wird stärker. Nele reißt den Mund auf. Sie bekommt keine Luft.

»Ist gut, Kleines. Ich bin bei dir.«

Omas Stimme. Ihre Hände auf Neles Armen.

Nele öffnet die Augen. Oma sitzt an ihrem Bett und lächelt sie bekümmert an.

»Schlaf ein bisschen, Nele. Ich bleibe bei dir sitzen, bis du wieder wach wirst. Das verspreche ich dir.«

Nele schließt die Augen. Sie tastet nach Omas Hand. Als ihre Finger sie gefunden haben, schläft sie ein.

9

An den Wegrändern und auf den Feldern liegen noch Schneereste, hart vom Januarfrost. Alles scheint erstarrt zu sein. Die kahlen Äste der Bäume. Die stillen Höfe. Die einsamen Zäune um die Weiden. Selbst die Vögel unter ihrem aufgeplusterten Gefieder. Aus den Schornsteinen steigt Rauch auf. Brandgeruch liegt in der Luft.

Weihnachten ist vorüber. Nele hat schöne Geschenke bekommen, aber kein Klavier. Bis zuletzt hatte sie im Stillen darauf gehofft.

Doch dafür hat David ihr versprochen, ihr Klavierspielen beizubringen.

Nele ist auf dem Weg zu ihm. Sie geht langsam, die Hände in den Ärmeln der dicken Jacke verborgen. Die Kälte dringt ihr scharf in die Nase und lässt ihre Augen tränen.

Drei Wochen lang ist sie krank gewesen. Heute darf sie zum ersten Mal wieder nach draußen. Sie ist noch ein bisschen wacklig auf den Beinen.

»Das Mädchen ist erschöpft«, hatte der Doktor gesagt. »Wird Zeit, dass der Frühling kommt.« Er hatte seine Besorgnis hinter Scherzen versteckt. Nele hatte sie trotzdem gespürt.

Neles Zusammenbruch hatte schließlich den Vater umgestimmt.

»Der Doktor soll seinem Freund, diesem Prill oder wie er

heißt, Bescheid geben«, hatte er gesagt. »Ich halte es zwar immer noch für falsch, aber ich weiß auch nicht, was richtig wäre. So kann es jedenfalls nicht weitergehn.«

»Krill«, hatte die Mutter geantwortet, »nicht Prill.« Sie hatte sofort mit dem Doktor telefoniert.

Der Doktor versuchte, seinen Freund zu erreichen. Doch er erfuhr, dass er sich auf einer Vortragsreise befand.

Nele weiß nicht, ob sie deswegen erleichtert sein soll. Sie weiß nicht, was schlimmer ist, die Bilder auszuhalten oder das, was dieser Herr Krill hinter ihnen entdecken mag.

In der Zeit, in der sie krank war, schlief sie viel. Im Dämmerzustand zwischen Schlafen und Wachsein hat sie das Feuer gesehen, wieder und wieder.

Nele fröstelt. Da weiß sie, dass etwas Schreckliches passieren wird, und weiß nicht genug, um es aufhalten zu können.

»Endlich!« David hat schon auf sie gewartet. Er nimmt sie bei der Hand und zieht sie mit sich in sein Zimmer. Nele setzt sich in den altmodischen, gemütlichen Schaukelstuhl, lehnt sich zurück und schaukelt.

»Dünn bist du geworden«, sagt David.

»Quatsch.« Nele schaukelt ungerührt weiter. »Ich war ja gar nicht richtig krank, bloß müde. Geschlafen hab ich. Ununterbrochen.«

»Siehste! Wer ununterbrochen schläft, der kann nicht essen. Und wer nicht isst, der magert ab.«

Nele lacht. »So ununterbrochen hab ich nun auch wieder nicht geschlafen.«

»Wollen wir?«, fragt David.

»Und ob.« Nele steht auf. »Ich hab mich schon wie verrückt darauf gefreut.«

Sie gehen hinunter ins Wohnzimmer. Davids Eltern sagen nicht *Stube* dazu und eine Stube ist es auch nicht. Es ist ein großer Raum, in dem drei Stufen sind, die zu einer Essecke führen.

Nele hat immer das Gefühl, hier auf Zehenspitzen gehen zu müssen. Der Teppich ist so weich. Die Wände sind so sauber und weiß. Und durch die großen Fenster fällt so viel Licht.

David rückt für Nele einen Stuhl ans Klavier, setzt sich auf den Hocker und spielt die Tonleiter rauf und runter, runter und rauf. Erst langsam, dann schneller und schließlich mit einem Wahnsinnstempo.

»Deine Finger müssen geschmeidig werden«, sagt er. »Auch wenn dir solche Übungen furchtbar öde vorkommen.«

Doch sie kommen Nele überhaupt nicht öde vor. Andächtig sieht sie Davids Fingern zu, die flink und geschickt über die Tasten gleiten. Er muss nicht mal hinschauen dabei.

»Und jetzt du.«

Bei David klangen die Tonleitern wie Musik. Bei Nele hört sich das anders an. Die Töne kommen langsam und stockend.

»Beim vierten Ton musst du vom Mittelfinger auf den Daumen umgreifen.«

Nele nickt. Sie hatte es bei David beobachtet und wieder vergessen. Ungeschickt greift sie um. Dass sogar Finger stolpern können!

»Bei mir war's zuerst genauso«, sagt David, und dieser Satz ist so tröstlich, dass Nele sich zusammenreißt und von vorn anfängt.

Als David sehr viel später den Klavierdeckel zuklappt, lehnt Nele sich erschöpft zurück. »Ich wusste gar nicht, dass ich so plumpe Finger habe.«

David grinst. »Was hast du erwartet? Dass du dich hinsetzt und Beethoven spielst?«

»Und wenn? Ich hätte ja zufällig ein Genie sein können.«

»Eingebildet bist du überhaupt nicht, was?« Davids Grinsen wird breiter.

Nele setzt gerade zu einer Antwort an, als sie die Haustür ins Schloss fallen hören. Davids Mutter kommt vom Einkaufen zurück.

Sie hat frisches Rosinenbrot mitgebracht und deckt den Tisch im Wohnzimmer mit Butter, Honig und Marmelade. Für Nele und David macht sie Kakao zurecht, für sich selbst Kaffee.

Ihr kurz geschnittenes schwarzes Haar steht ihr fröhlich vom Kopf ab. Ein paar längere Fransen hängen ihr in die Stirn. Eine Strähne verfängt sich in ihren Wimpern. Sie streicht sie zurück.

»Geht es dir wieder besser?«, fragt sie Nele.

Nele nickt. »Bin nur noch ein bisschen zittrig vom vielen Liegen.«

»Dann greif mal ordentlich zu, damit du wieder zu Kräften kommst.«

Man merkt Davids Mutter an, dass sie nicht von hier ist. Ihre Sprache verrät es, ihr Aussehen, ihre ganze Art. Auch ihr Mann ist anders als die Leute im Dorf.

Sie sind hierher gezogen, weil David Asthma hat. Das Seeklima bekommt ihm gut. Er hat nur noch ganz selten Luftnot.

»Was hat denn Doktor Fried gesagt?«

Nele zögert. »Erschöpfung«, sagt sie dann.

Es liegt an der Aufmerksamkeit, mit der Davids Mutter zuhört, dass Nele immer das Bedürfnis hat, ihr mehr anzuvertrauen, als sie eigentlich möchte.

»Erschöpfung? Strengt dich die Schule zu sehr an oder ist es die Arbeit zu Hause?«

»Bohr doch nicht so.« David legt Nele und sich selbst eine Scheibe Rosinenbrot auf den Teller. »Sie mag nicht drüber reden. Das siehst du doch.«

»Oh!« Seine Mutter hebt in einer komischen, kleinen Gebärde die Hände. »Bitte um Verzeihung. Bin ja schon still.«

»Der Doktor«, sagt Nele, »will mich von einem Freund untersuchen lassen. Er ist ein Psychologe. Ludwig Krill heißt er.«

Abrupt stellt Davids Mutter die Kaffeetasse ab. »Krill? Etwa *der* Krill?«

Nele und David starren sie verständnislos an.

Davids Mutter steht auf und geht zum Bücherregal hinüber. »So ein Zufall. Vor ein paar Wochen habe ich eines seiner Bücher geschenkt bekommen.«

Sie sucht die Regalreihen ab, murmelt dabei vor sich hin. »Es kann doch nicht... irgendwo muss es doch... ah, hier ist es.« Sie zieht ein Buch heraus und gibt es Nele.

Die unerforschten Kräfte des Menschen.

Nele dreht das Buch um. Auf der Rückseite ist ein Foto abgebildet. Es zeigt ein langes, schmales Gesicht, alt und streng. Weißes Haar, weiße, buschige Augenbrauen, ernste, nachdenklich blickende Augen.

Unter dem Foto steht: *Ludwig Krill. Verfasser zahlreicher Schriften zum Thema Psychologie und Parapsychologie.*

»Das ist er also«, sagt Nele leise.

Davids Augen glänzen. »Vielleicht schreibt er in seinem nächsten Buch über dich und du wirst berühmt. Kriege ich dann ein Autogramm?«

Nele versetzt ihm einen Rippenstoß. Gleich darauf ist sie wieder in den Anblick des Fotos vertieft.

Diese Augen. Sie scheinen durch einen hindurchzusehen.

»Man kann ihm nichts vormachen«, sagt sie.

David zuckt mit den Schultern. »Willst du ja auch nicht. Also reg dich nicht auf und wart's einfach ab.«

Nele legt das Buch auf den Tisch. »Muss ich wohl.«

»Und deine Eltern? Sind sie mit dem Vorschlag von Doktor Fried einverstanden?« Davids Mutter kann ihre Verwunderung nicht verbergen.

»Wärst du's denn nicht?« David beißt von seinem Brot ab und kaut unbekümmert.

»Ich weiß nicht.« Seine Mutter schaut zum Fenster, als könne sie da die Antwort finden. »Ich habe das Buch zwar im Regal stehen, aber noch nicht gelesen. Jetzt bereue ich das.«

»Der Doktor«, sagt Nele, »kennt mich schon ewig. Mama sagt, er würde nie etwas tun, das mir schadet.«

»Das glaube ich auch«, sagt Davids Mutter. »Doktor Fried ist ein Mann mit großer Erfahrung.«

Sie fährt sich an die Stirn und verzieht das Gesicht.

»Wieder Kopfweh?«, fragt David.

Sie nickt. »Ich habe schon eine Tablette genommen, aber die hilft nicht viel.«

Nele steht auf. »Darf ich?«

Davids Mutter sieht sie fragend an.

»Massieren«, sagt Nele.

»Aber du bist doch selbst noch nicht wieder richtig auf dem Damm. Du brauchst wirklich nicht …«

Doch Nele ist bereits hinter sie getreten und hat ihr die Hände auf den Kopf gelegt. Ihre Finger bewegen sich in sanften Strichen und Kreisen. Davids Mutter schließt die Augen und seufzt.

Nele spreizt die Finger, um den Kopf von Davids Mutter so weit wie möglich zu umfassen. Sie spürt, wie sich die Wärme in ihren Handflächen sammelt und von da aus in die Fingerspitzen strömt.

»Wie gut das tut«, sagt Davids Mutter. »Du bist eine Zauberfee, Nele.«

Nele massiert weiter. Ihre Finger finden blindlings die richtigen Stellen, wissen, wo sie den Druck verstärken und wo sie ihn zurücknehmen müssen.

Davids Mutter sitzt ganz still. Hin und wieder stöhnt sie behaglich auf.

»Wunderbar! Wer hat dir das beigebracht?«

»Niemand«, sagt Nele. »Irgendwann hab ich es einfach gekonnt.« Sie hebt die Hände. »So. Jetzt müssten die Schmerzen nachgelassen haben.«

Davids Mutter öffnet die Augen, richtet sich auf und dreht vorsichtig den Kopf. »Tatsächlich! Sie haben nicht nur nachgelassen. Sie sind sogar ganz verschwunden.« Sie fasst Nele am Arm. »Danke, Nele. Obwohl ich mir sehr egoistisch vorkomme. Du siehst müde aus. Es hat dich angestrengt, stimmt's?«

Nele schüttelt den Kopf. »Ist schon okay. Aber jetzt muss ich los. Wir melken gleich.«

David bringt sie zur Tür. »Morgen?«

»Ja. Morgen.« Nele winkt ihm zu und geht dann langsam den Weg hinauf.

Nicht lange, und die Füße werden ihr schwer, schlurfen über den Boden. Nele bleibt stehen, um zu Atem zu kommen. Es war zu viel. Sie hätte bedenken müssen, welche Kraft es sie jedes Mal kostet, jemandem die Schmerzen zu nehmen, wie sehr es sie schwächt.

Die Fensterscheiben von Küche und Stall sind beschlagen. Dahinter schimmert warm das Licht. Das Stalltor wird einen Spaltbreit aufgeschoben.

»Sie kommt!«, ruft Tim, schiebt das Tor weiter auf und läuft Nele aufgeregt entgegen.

»Der Doktor ist da! Wir warten schon alle auf dich. Wo bist du denn so lange gewesen?«

»Der Doktor?« Nele streift die Kapuze ab. Ihr Herz klopft heftig. »Was will er denn?«

Tim vollführt einen ungeduldigen Hüpfer. »Weiß ich nicht. Trinkt Tee in der Küche mit Mama und Oma. Mich haben sie wieder rausgeschickt. Ich muss beim Melken helfen, weil du in die Küche kommen sollst.« Vorwurfsvoll sieht er Nele an.

Nele betritt leise die Diele, zieht Jacke und Stiefel aus, schlüpft in die Hausschuhe und horcht.

»Er ist an die Arbeit mit Kindern gewöhnt«, sagt der Doktor eben. »Ich bin sicher, er wird behutsam vorgehen. Außerdem…« Er macht eine lange Pause. »…außerdem bin ich ja auch noch da. Ich werd schon auf Nele aufpassen.«

Nele gibt sich einen Ruck und öffnet die Tür.

Der Doktor sitzt auf dem Stuhl neben der Heizung. Sein Gesicht ist rot und verschwitzt. Den Hemdkragen hat er geöffnet, die Ärmel aufgekrempelt.

»Da kommt ja unsere Hauptperson«, sagt er.

Hier in der Küche wirkt er kleiner. Sein Haar scheint weißer zu sein und seine Augen sind jünger.

Nele gibt ihm die Hand. Der Doktor hält die Hand fest und schaut Nele prüfend ins Gesicht.

»Rote Backen und Glanz in den Augen. Das ist recht. So gefällst du mir schon viel besser.«

»Das kommt vom Wind.« Oma zieht Nele zu sich auf die Bank. »Sie sollte viel öfter draußen sein. Aber sie hat so viel für die Schule zu tun. Manchmal denke ich, die Lehrer wollen aus sämtlichen Kindern Gelehrte machen.«

»Na ja.« Der Doktor strahlt Nele an. »Wissen hat noch keinem geschadet. Und Nele ist klug. Ich schätze, sie muss sich nicht allzu sehr anstrengen, was, Mädchen?«

»Nur in Mathe«, sagt Nele, »und in Physik.«

Die Mutter stellt ihr ein Glas Milch hin. Nele trinkt hastig. Sie hat ziemlichen Durst.

»Ich war gerade in der Gegend«, erzählt der Doktor, »und

dachte, ich schau mal rein. Ich muss doch wissen, wie es meiner Lieblingspatientin geht. Also, Nele, wie geht es dir?«

»Prima«, sagt Nele. »Ich hab ja auch richtig Winterschlaf gehalten.«

Die Katze springt ihr auf den Schoß, reibt den Kopf an Neles Bauch, schnurrt. Nele krault sie unterm Kinn. Verzückt schließt die Katze die Augen und biegt den Kopf weit zurück.

»Ja«, sagt der Doktor, »von den Katzen können wir Menschen lernen.« Er erklärt nicht, was er damit meint, betrachtet nur nachdenklich die Katze, die es sich jetzt auf Neles Schoß bequem macht, die Pfoten unterschlägt und die Augen schließt.

»Du bist ein Katzenmensch«, sagt der Doktor zu Nele. »Genau wie ich. Katzen spüren das. Die lassen sich nicht täuschen.« Er streckt die Hand nach der Katze aus, fährt ihr ein paarmal über das Fell.

»Übrigens habe ich meinen Freund erreicht«, sagt er wie nebenbei. »In zwei Wochen kommt er von seiner Reise zurück. Und dann möchte er dich kennen lernen. Ich habe mit ihm abgemacht, dass er für eine Weile mein Gast sein wird. Für mich allein ist das Haus sowieso zu groß. Gut, dass es mal jemand anderen zu Gesicht kriegt als mich.«

Er lacht, doch das täuscht nicht darüber hinweg, dass es ihm ernst ist mit dem, was er sagt.

»Ich rufe an, wenn es so weit ist. Und dann kommst du zu mir und ich stelle euch einander vor.«

Neles Körper verkrampft sich in Abwehr. Die Katze gibt einen ärgerlichen Laut von sich, springt Nele vom Schoß und sucht ihren Platz unter der Heizung auf.

»Angst?«, fragt der Doktor.

»Ein bisschen.«

Der Doktor winkt ab. »Es tut nicht weh. Er wird nur mit dir reden.«

»Sonst nichts?« Nele kann sich nicht vorstellen, dass Reden ihr helfen soll.

Der Doktor knöpft sich den Kragen zu und rollt die Ärmel wieder herunter. »Sonst nichts, nein. Er wird dir Fragen stellen, nehme ich an, dich erzählen lassen. Ich habe dir ja schon verraten, dass er ein bekannter Mann ist und hervorragende Arbeit leistet. Er wird wissen, was er tut.«

»Das hoffe ich«, sagt Oma kühl.

Der Doktor wirft ihr einen verwunderten Blick zu. Oma erwidert ihn, ohne mit der Wimper zu zucken.

»Das hoffe ich sehr«, wiederholt sie und steht auf, um sich um das Abendessen zu kümmern.

10

Noch einmal fällt Schnee. Viel Schnee. Die Schneepflüge auf den Hauptstraßen können die Massen kaum bewältigen. Es ist, als wolle der Winter alles unter sich begraben.

Er hat auch das Feuer unter Schnee erstickt. Nele sieht die Bilder nicht mehr.

Tim wirft sich mit ausgebreiteten Armen auf den Rücken, wälzt sich hin und her, lacht. »Komm, Nele! Mach mit!«

Nele wirft sich neben ihn, drückt das Gesicht in den Schnee wie Tim. Sie rollen gegeneinander und voneinander weg, Schnee im Haar, Schnee auf den Wimpern und im Kragen. Die Nachmittage sind viel zu kurz.

Abends brät Oma Äpfel im Backofen. Nele atmet den Duft tief ein, gießt Vanillesoße über die braune, verschrumpelte Apfelhaut und sticht vorsichtig mit der Gabel hinein. Sie kaut den ersten Bissen andächtig und mit geschlossenen Augen.

Die Abende sind lang.

Der Stall ist warm von den Leibern der Kühe. Wenn Nele nicht will, dass einer sie findet, verkriecht sie sich hier. Sie hatte in den vergangenen Tagen allen Grund dazu.

Mond ist verkauft worden. An einen Bauern im Nachbarort.

Eine ganze Weile war Nele untröstlich. Sie trauerte um Mond, wie sie noch nie um ein Kalb getrauert hat. Auch wenn der Verkauf Geld eingebracht hat und sie das Geld bitter nötig haben – Mond fehlt ihr.

Opa und der Vater tun die Winterarbeit. Sie bringen die Geräte in Ordnung, tapezieren die Schlafräume, verlegen Teppichboden. Dann und wann hört man sie lachen. Sie reden mehr als sonst, als ließe die Kälte draußen sie dichter zusammenrücken.

Nele betrachtet die Schneeflocken, die still vom Himmel fallen. Sie treibt sich zwischen den Feldern herum, folgt den Tierspuren auf den Wegen, läuft mit David Ski im Moorgebiet. Abends hockt sie bei Friedrich in der Scheune, wo er Autoteile reinigt und in einer Weise mit ihr spricht, als wäre sie erwachsen wie er.

Opa hat in diesen Wochen mehr Zeit für seine Tuba. Er spielt schon lange nicht mehr in der Blaskapelle des Orts. Genau seit dem Tag, an dem er sich mit dem Leiter der Blaskapelle, dem Wirt vom *Goldenen Anker*, zerstritten hat.

»Er redet und redet. Will alles besser wissen«, hatte Opa damals gesagt. »Dabei versteht er rein gar nichts von Noten und Takt.« Und dabei hatte er geringschätzig mit den Fingern geschnippt.

Seitdem spielt Opa für sich allein. Er zieht sich dazu in die Stube zurück.

Die dunklen Töne füllen das Haus, verbinden sich zu Melodien, die tausendmal schöner sind als die der Blaskapelle, wenn Schützenfest ist.

Am liebsten mag Nele es, wenn Opa spielt, während sie am Küchentisch ihre Hausaufgaben macht, so wie jetzt.

Aber heute fällt es ihr schwer, sich zu konzentrieren. Sie kaut am Füller. Unterbricht das Rechnen, um sich erst einmal Deutsch vorzunehmen. Schreibt ein paar Sätze und streicht sie wieder aus.

Ärgerlich schraubt sie den Füller zu, steht auf, durchquert rasch die kalte, ungeheizte Diele, öffnet die Tür zur Stube und schlüpft hinein. Opa bemerkt sie und senkt kurz den Kopf. Das bedeutet, dass Nele bleiben und zuhören darf.

Es ist kühl in der Stube, denn sie wird an den Wochentagen nur mäßig geheizt. Nele zieht die Jacke über der Brust zusammen und kauert sich ins Sofa.

Opa sitzt auf einem Stuhl mitten in der Stube. Auf dem Notenständer vor ihm liegt ein aufgeschlagenes Notenbuch.

Nele mag Opas Hände, die breiten Knöchel, die kräftigen, leicht gekrümmten Finger, die sich auf und ab bewegen. Zufrieden legt sie den Kopf zurück.

Früher hat sie sich oft vorgestellt, wie es wäre, wenn sie an der Zimmerdecke entlangspazieren könnte. So viel freier Raum. Nichts voll gestellt mit Möbeln. Bloß die Balken und die Lampe an ihrer geraden Schnur.

Nele lächelt. Merkwürdige Träume hat sie gehabt, als sie klein war. Sie richtet sich wieder auf und sieht, dass Opa ihrem Blick gefolgt ist. Seine Augen sind weit aufgerissen, weil er beim Spielen den Kopf nicht zurücklegen kann.

Ein falscher Ton, noch einer, dann Opas Stimme: »Jetzt hast du mich rausgebracht.«

Er befeuchtet sich die Lippen mit der Zunge und wischt das Mundstück der Tuba ab.

»Du hast dich daran erinnert?« Er weist mit dem Daumen nach oben.

»Ja.«

Opa und sie. Auch Opa hatte als Kind verrückte Träume. Manchmal erzählt er davon.

»Und nun bist du schon fast erwachsen.«

Nele nickt. »Aber die Träume sind immer noch da. Sie sind nur anders geworden.«

Opa verstaut die Tuba in ihrem Kasten. Er tut es mit langsamen, umständlichen Bewegungen. Alt ist er geworden. Nele hat es nie zuvor bemerkt.

»Ich weiß«, sagt Opa. »Hab immer gewusst, dass du … besonders bist. Hab's schon gespürt, als du noch so etwa diese Größe hattest.« Er zeigt die Größe eines Brotlaibs an.

»So klein bin ich gewesen?«

»Wenn ich's dir sage. Wir hatten alle Angst, wir würden dich nicht über die ersten Wochen bringen.«

Opa lässt den Verschluss des Kastens zuschnappen und stellt den Kasten neben den Schrank. Schwerfällig setzt er sich in einen der Sessel.

»Du hast geschlafen, geschlafen und geschlafen. Sogar beim Trinken bist du eingeschlafen. Ich bin immer wieder an dein Bett geschlichen, um zu horchen, ob du noch atmest.«

Er verstummt und sieht Nele verwundert an. »Kannst du mir sagen, warum ich heute plappere wie ein Wasserfall?«

Nele schüttelt den Kopf. Ein komisches Bild, denkt sie, plappern wie ein Wasserfall. Aber auch ein schönes.

Opa seufzt, schlägt sich auf die Knie und erhebt sich mit einem Stöhnen.

»In letzter Zeit muss ich oft an damals denken. Vielleicht werde ich allmählich wunderlich. Wie mein Vater. Der wurde es im Alter auch.«

»Du doch nicht«, sagt Nele. »Höchstens Oma und ich. Jedenfalls denken das die Leute.«

Opa bleibt bei der Tür stehen, die Hand auf der Klinke. »Die Leute! Wen interessiert's, was die denken?«

Er dreht sich zu Nele um, berührt sanft ihre Schulter. »Wunderlich? Na und? Oma und ich sind mit ihrer so genannten Wunderlichkeit prächtig zurechtgekommen. Und mit deiner werden wir's auch.«

Er öffnet entschlossen die Tür. »Komm mit in die Küche. Mein Hals ist trocken vom Spielen und Reden. Ich brauche dringend einen von Omas wunderlichen Tees.«

Opa sieht zu Nele hinunter. Sein Mund lacht nicht. Aber seine Augen tun es.

Neles Augen lachen zurück.

11

Als die Mutter den Wagen abschließen will, fallen ihr die Schlüssel aus der Hand. Leise fluchend bückt sie sich nach ihnen und hebt sie auf.

»Ich bin nicht nervös«, sagt sie, als hätte Nele das behauptet. »Ich bin absolut nicht nervös. Und du musst es auch nicht sein. Es gibt keinen Grund zur Aufregung, hörst du?«

Im Vorgarten des Doktors zeigen sich zögernd die ersten Schneeglöckchen. Es ist milder geworden. Trotzdem zieht Nele fröstelnd die Schultern zusammen.

Diesmal gehen sie auf den Privateingang zu. Es ist Mittwoch. Da ist nachmittags die Praxis geschlossen.

Die Sonne scheint. Der Efeu raschelt im Wind. Ein Vogel schreit.

»Bist du so weit?«

Nele nickt. Die Mutter drückt auf den Klingelknopf und zieht die Hand beim Ertönen eines lauten Schrillens erschrocken zurück.

Der Doktor öffnet die Tür. »Da seid ihr ja«, sagt er herzlich. »Und ganz pünktlich. Ich mag's, wenn die Leute mich nicht warten lassen.«

Die Mutter lacht, ohne Grund und viel zu laut. Sie schiebt Nele vor sich her in die dämmrige Diele. Der Doktor schließt die Tür, nimmt der Mutter den Mantel ab und Nele den Anorak, hängt beides an die Garderobe. Er reibt sich die Hände.

»Dann wollen wir mal. Kommt in die gute Stube.«

Als sie die Stube betreten, fällt Neles Blick auf einen Mann, der mit dem Rücken zu ihnen in einem Sessel sitzt.

»Hier ist Nele«, sagt der Doktor.

Der Mann erhebt sich aus dem Sessel und dreht sich langsam zu ihnen herum. Er ist groß und hager und hält sich ein wenig nach vorn gebeugt.

Nele erkennt die Augen sofort wieder. Ernst und aufmerksam studieren sie Neles Gesicht. Erst dann wird ein feines Lächeln in ihnen wach.

»Guten Tag, Nele.« Herr Krill reicht ihr die Hand.

»Hallo«, sagt Nele befangen.

Herr Krill hat einen kräftigen Händedruck. Seine Hand fühlt sich knochig an und warm.

»Und das ist Neles Mutter«, sagt der Doktor.

Herr Krill wendet sich der Mutter zu. »Sehr erfreut.«

Die Mutter murmelt etwas Undeutliches und setzt sich in einen der Sessel, auf die der Doktor einladend zeigt.

»Tee?«, fragt der Doktor.

»Gern«, sagt die Mutter. Ihre Wangen sind erhitzt. Sie streicht sich verlegen das Haar aus der Stirn.

Herr Krill hat die langen Beine übereinander geschlagen. Er hält den Blick unverwandt auf Nele gerichtet. Die Mutter schaut im Zimmer umher, beobachtet dann verstohlen Herrn Krill und wirft wie im Trotz den Kopf zurück.

Der Doktor ist hinausgegangen. Aus der Küche dringt das Geräusch von fließendem Wasser und das Klappern von Geschirr.

»Schön ist es hier«, sagt Herr Krill. Seine Stimme ist tief und klingt ein bisschen erkältet.

Die Mutter schaut ihn verwundert an. Was soll sie mit einem solchen Satz anfangen?

»Mir gefällt die Landschaft«, erklärt Herr Krill. »Alles ist so weit und eben. Leider hat es mich all die Jahre in Süddeutschland festgehalten.«

»Soso.« Die Mutter drückt die Handtasche an sich.

Mama gehört nicht hierher, denkt Nele. Wir beide gehören nicht hierher. Was haben wir eigentlich hier zu suchen?

»Wir sind Bauern«, sagt die Mutter, als wolle sie Neles Gedanken weiterspinnen, »und wir arbeiten hart. Da bleibt nicht viel Zeit für anderes.«

Herr Krill nickt.

»Die Kinder helfen tüchtig mit. Allein würden wir's gar nicht schaffen.«

Warum sagst du das, denkt Nele. Er weiß es. Er weiß alles. Du musst ihm nichts erklären.

Die Mutter bemüht sich, deutlich zu reden. Sie spricht viel langsamer als sonst, betont beinahe jedes einzelne Wort. Als sei es ihr wichtig, dass Herr Krill auch nur ja alles begreift.

»Eben ein einfaches, ganz normales Leben.«

»Bis auf Neles besondere Fähigkeiten«, sagt Herr Krill.

Die Mutter macht eine unwillkürliche Bewegung und lässt die Tasche fallen. Nele springt auf, um sie aufzuheben. Im selben Augenblick hat sich Herr Krill vorgebeugt und die Hand nach der Tasche ausgestreckt.

Nele bleibt einen Moment lang in der Hocke, Herr Krill vornübergebeugt. Reglos sehen sie sich an, wie um einander gründlich abzuschätzen. Dann greift Nele nach der Tasche, reicht sie der Mutter und kehrt verwirrt an ihren Platz zurück.

Der Doktor trägt ein Tablett herein. »Frau Wiebke hat heute ihren freien Tag«, sagt er. »Ab und zu muss sie sich von mir erholen.« Er lächelt verschmitzt. »Und ich erhole mich von ihr. Wir sind wie Feuer und Wasser. Das geht nicht immer gut.«

Frau Wiebke ist seine Haushälterin. Der Doktor hat nie geheiratet.

»Keine Zeit für Beruf *und* Familie«, sagt er, wenn das Gespräch darauf kommt, und in seiner Stimme schwingt ein Unterton von Bedauern mit.

Er stellt Tassen und Untertassen auf den Tisch, ein Stövchen, Sahne und Kandiszucker, legt Löffel dazu.

»Und für dich, Nele? Kakao?«

»Gern«, sagt Nele und wundert sich darüber, dass sie die Antwort ihrer Mutter benutzt.

Der Doktor verschwindet wieder in der Küche. Bald darauf bringt er den Kakao und den Tee und gießt ein. Sie trinken und beobachten einander stumm über den Rand der Tassen hinweg.

»Ich habe meinem Freund schon viel von dir erzählt«, bricht der Doktor das Schweigen. »Aber es reicht ihm nicht aus. Er will immer alles wissen. Und er will es von dir selbst erfahren. Meine Meinung interessiert ihn nicht.« Er zwinkert Nele zu.

Herr Krill winkt ab, halb schmunzelnd, halb ernst. »Ich sollte jetzt das Gegenteil behaupten. Doch es ist mir tatsächlich lieber, die Dinge von dir selbst zu erfahren.«

Nele setzt sich gerade hin. Sie fühlt sich wie vor einer Mathearbeit. Da hat sie auch immer dieses Schlingern im Magen.

»Wie alt bist du, Nele?«

»Vierzehn.« Dass ihre Stimme sich so dünn und zittrig anhören kann!

»Hast du Freunde?«

»David«, sagt Nele. »Er ist mein bester Freund. Dann noch ein paar Mädchen aus meiner Klasse und ein paar Kinder aus unserem Dorf, mit denen ich manchmal was unternehme.«

»Hat einer deiner Freunde die Fähigkeiten, die du bei dir entdeckt hast?«

»Nein.«

Fähigkeiten, denkt Nele. Das hört sich viel besser an als *Zustände.*

Sie späht zur Mutter hinüber. Warum stellt sie die Tasse nicht weg? Sie hat sie doch längst leer getrunken.

»Bist du fromm, Nele? Gehst du oft in die Kirche?«

Nele schüttelt den Kopf. »Nur Weihnachten und so.«

»Wir haben viel zu tun«, mischt sich die Mutter ein. Mit einem Ruck setzt sie die Tasse ab. »Aber Nele ist natürlich getauft, wenn Sie *das* meinen. Wir sind evangelisch.«

Herr Krill schenkt ihr ein zerstreutes Lächeln, wendet sich dann sofort wieder Nele zu. »Bist du stolz auf deine Fähigkeiten?«

Nele schüttelt heftig den Kopf.

»Du kannst kranken Menschen helfen und bist nicht stolz darauf? Nicht mal ein bisschen?«

»So hab ich nie darüber nachgedacht«, sagt Nele stockend. »Aber ich glaub, ich würd es lieber nicht können.«

»Warum?«

Herr Krill beugt sich so weit zu Nele vor, dass sein Atem ihr Gesicht streift. Hastig lehnt sie sich zurück.

»Es … es macht mir Angst.«

»Das Helfen macht dir Angst?«

Nele sieht ihm in die Augen. Es sind alte Augen, grau wie das Meer an trüben Tagen.

»Das Helfen nicht.« Sie sucht nach den richtigen Worten. »Aber die … Bilder, die ich sehe. Und irgendwie hängt doch … beides zusammen.«

»Ich verstehe«, sagt Herr Krill bedächtig, und mit einem Mal erkennt Nele, dass er wirklich versteht. Verblüfft betrachtet sie sein Gesicht, in das tiefe Falten eingegraben sind, vor allem um den Mund, über der Nasenwurzel und auf der Stirn.

»Sonst versteht es keiner«, sagt sie leise. »Nicht mal …« Sie bricht den Satz ab und vermeidet es, dem Blick der Mutter zu begegnen.

»Das ist auch schwer«, sagt Herr Krill. »Du darfst nicht zu viel von ihnen erwarten.«

Ohne hinzuschauen, weiß Nele, wie das Gesicht ihrer Mutter jetzt aussieht, fassungslos und verstört.

»Was wollen Sie damit sagen?«, fährt die Mutter Herrn Krill an. »Sie ist meine Tochter! Ich werde doch wohl mein eigenes Kind verstehen.«

»Bitte!« Herr Krill hebt die Hand. »Unterbrechen Sie uns nicht.«

Die Mutter zupft an ihrem Rock. Sie überlegt sich eine vernichtende Antwort, aber Herr Krill spricht schon weiter, lässt ihr keine Zeit dazu.

»Werden sie wahr, die Bilder?«

»Oft«, sagt Nele. »Am Anfang waren es manchmal auch nur Träume. Da hab ich das noch nicht unterscheiden können.«

»Und inzwischen kannst du es?«

»Die Träume sind irgendwie … anders. Ich spür den Unterschied sofort.«

»Hast du in letzter Zeit Bilder gesehen?«

Nele senkt den Kopf. »Ja.«

»Magst du mir davon erzählen?«

»Ich sehe Feuer, höre Schreie. Das Feuer ist an einem hohen Fenster, an einem Vorhang.«

»Kennst du das Fenster?«

»Es muss ein Fenster in der Schule sein. Genau weiß ich es nicht. Ich... ich glaube, ich *will* es auch gar nicht wissen.«

»Obwohl es geschehen kann?«

Neles Augen füllen sich mit Tränen.

»Obwohl es geschehen, das Feuer ausbrechen kann, Nele?« Die Stimme lässt nicht locker.

Nele schluckt. Ihre Lippen zucken.

»Großer Gott! Sehen Sie denn nicht...«

Wieder hebt Herr Krill die Hand und die Mutter verstummt.

»Es *kann* doch geschehen, Nele, nicht wahr?«

Die Tränen lassen sich nicht länger zurückhalten. Sie rollen Nele über die Wangen und sammeln sich zitternd an ihrem Kinn.

»Warum muss ausgerechnet *ich* es sehn? Ich will keine Schuld haben an dem Feuer! Ich will nicht Dinge sehn, die sonst keiner sieht.«

Die Mutter stürzt zu ihr und nimmt sie in die Arme.

»War das nötig?«, fragt sie aufgebracht. »Mussten Sie so weit gehen?« Sie nestelt ein Taschentuch aus ihrer Handtasche und gibt es Nele.

»Ja. Es war nötig.« Herr Krill steht auf und legt Nele die Hände auf die Schultern. »Verzeih mir, Nele. Aber ich musste ganz sicher sein, dass du dich nicht nur wichtig machen willst. Ich musste wissen, ob du mir die Wahrheit sagst und ob ich dir vertrauen kann.«

Nele putzt sich die Nase und sieht fragend zu Herrn Krill auf.

»Du *sagst* die Wahrheit.« Er lächelt. »Ich kann dir vertrauen und werde mit dir arbeiten.«

12

»Seine Art gefällt mir nicht.« Die Mutter ist noch immer aufgebracht. »Ihr hättet sehen sollen, wie er mit ihr umgegangen ist! Behandelt Nele wie eine Lügnerin, bringt sie zum Weinen, und dann tut er wieder ganz freundlich und sanft, als wär nichts gewesen.«

Sie berichtet von dem Gespräch und die Miene des Vaters wird düster.

»Studierte«, sagt er verächtlich. »Für die zählen doch nur Bücher. Worte machen, darin sind sie die Größten. Was wissen die schon von einem Menschen aus Fleisch und Blut?«

»Blut. Mut. Flut. Tut«, sagt Tim. »Das reimt sich.«

Niemand geht darauf ein.

»Hut«, macht er leise weiter. »Wut. Gut. Warum hat der Mann Nele zum Weinen gebracht?«

»Weil er böse ist«, sagt die Mutter heftig, »und rücksichtslos. Er hat kalte Augen und angewachsene Ohrläppchen.«

»Er hat *was*?«, fragt Friedrich.

»Angewachsene Ohrläppchen. Solchen Menschen kann man nicht über den Weg trauen.«

Tim befühlt seine Ohrläppchen. »Mir kannst du trauen. Meine sind nicht angewachsen.«

»Mama«, sagt Friedrich in einem Tonfall, als spräche er zu einem kleinen Kind, »ich kenne tausend Leute mit angewachsenen Ohrläppchen. Du willst doch nicht behaupten, dass die alle Ungeheuer sind.«

Die Mutter nickt finster. »Und ob! Dieser Mann bringt uns Unglück ins Haus. Wart's nur ab. Fragt doch tatsächlich, ob Nele fromm ist! Ja, meint er denn, wir sind weniger wert als andere, bloß weil wir nicht ständig in die Kirche rennen?«

Sie fährt mit der flachen Hand über die Tischplatte, wieder und wieder, als wolle sie besonders hartnäckigen Staub entfernen.

Oma hat still zugehört. An ihrem Hals haben sich rote Flecken gebildet, wie immer wenn sie sich aufregt.

»Ich bin von Anfang an skeptisch gewesen«, sagt sie. »Kann sein, dass dieser Mann Nele hilft. Kann aber auch sein, dass er alles schlimmer macht. Wer weiß das schon?«

Sie stützt sich schwer auf den Tisch und erhebt sich von ihrem Stuhl. »Fragt euch doch mal, warum er sich eigentlich für Nele interessiert. Für ein Mädchen, das er nie zuvor gesehen hat. Ein Mädchen, von dem er überhaupt nichts weiß.«

Sie wartet, doch niemand erwidert etwas.

Langsam geht sie zur Tür. »Sie ist bloß ein Fall für ihn. Ein Fall unter vielen anderen Fällen. Und das beunruhigt mich.«

Noch eine ganze Weile, nachdem sie die Küche verlassen hat, sitzt die Familie schweigend und betroffen da. Dann springt Nele auf und läuft Oma nach.

Sie findet sie in der Stube der Großeltern. Oma sitzt in dem Sessel beim Fenster und starrt vor sich hin. Nele setzt sich zu ihr auf die Lehne.

»Ich muss wagen hinzusehn, wenn die Bilder kommen«, sagt sie leise. »Aber ich hab den Mut nicht, Oma. Nicht alleine.«

Omas Finger zupfen nervös an der Gardine.

»Jemand muss mir dabei helfen. Jemand, der das kann. Sonst schaff ich es nie.«

Oma schüttelt den Kopf. »Er ist ein berühmter Mann, Nele.

Und nun schau uns an. Wir sind einfache Leute. Das passt doch nicht zusammen.«

»Aber er will mit mir arbeiten. Er hat es selbst gesagt.«

Oma lässt die Gardine los, steht auf, geht zur Kommode und bleibt davor stehen. Die Kommode hat schon ihren Großeltern gehört. Das Holz ist dunkel und fleckig. Oma hängt sehr daran.

Auf der Kommode stehen Fotografien aufgereiht. Das Hochzeitsbild von Oma und Opa. Das von Neles Eltern. Fotografien von Friedrich, Nele und Tim in verschiedenen Altersstufen.

Oma nimmt eine Fotografie von Nele in die Hand. Sie streicht zärtlich mit den Fingern darüber und stellt sie zurück. Dann dreht sie sich zu Nele um.

»Willst du es denn, Nele? Willst du es wirklich?«

Nele schaut sich im Zimmer um. Ihr Leben ist ihr immer vorgekommen wie dieser Raum, sorgfältig eingerichtet, überschaubar und vertraut.

Bis die Bilder kamen.

»Ich glaube«, sagt sie, »ich habe gar keine Wahl.«

Oma holt tief Luft. »Kann ich wenigstens bei den Treffen mit diesem Mann dabei sein?«

Nele schüttelt den Kopf. »Er will, dass ich allein zu ihm komme. Mama hat sich heute ein paarmal eingemischt und das hat ihn ziemlich gestört.«

»Ich würde mich ja nur dazusetzen, meinetwegen in die dunkelste Ecke, und kein Wort sagen.«

Nele geht zu Oma hinüber. »Er wird mich nicht fressen, Oma. Ich pass schon auf mich auf.«

Oma nimmt Neles Gesicht in beide Hände. Sie lächelt. »Du bist stark, Kleines, das weiß ich. Viel stärker als ich.«

Nele macht sich von ihr los und gibt ihr einen Kuss. »Nie im

Leben. Noch in hundert Jahren werde ich nicht halb so stark sein wie du.«

Als Nele wieder in die Küche kommt, befinden sich die anderen in einem lebhaften Gespräch. Tim sitzt mit hochrotem Kopf und weit aufgerissenen Augen dabei, eifrig bemüht, den Worten zu folgen.

»Trotzdem ist er unsere einzige Hoffnung«, sagt die Mutter. »Nele braucht Hilfe und wir können sie ihr nicht geben.«

»Dann musst du auch seine Art hinnehmen«, sagt Friedrich. »Du kannst nicht seine Hilfe wollen und ihm dann vorschreiben, wie die auszusehen hat.«

Nele setzt sich auf die Bank, zieht die Füße hoch und umschlingt die Knie mit den Armen.

Friedrich berührt sie an der Schulter. »Was meinst du, Schwesterherz? Willst du weitermachen?«

»Ja. Immerhin hab ich A gesagt. Da kann ich vorm B doch nicht kneifen!«

Friedrich grinst. »Das hab ich erwartet. Meine Schwester lässt sich nicht ins Bockshorn jagen, von niemandem, und sei er noch so eine Berühmtheit.«

»Diese Berühmtheit bringt schon jetzt alles durcheinander«, sagt Opa schroff. »Es ist längst Melkzeit.« Er trinkt seinen Tee aus, stellt die Tasse auf die Spülmaschine und schlurft zur Tür. Nele zieht ihre Jacke an und folgt ihm über den Hof.

Opa öffnet die Tür vom Zwinger, um Bettie herauszulassen. Fiepend vor Freude, drückt sie sich an seine Knie. Opa tätschelt ihr liebevoll den Rücken, der mit dem Alter doppelt so breit geworden ist.

»Du hast es dir gründlich überlegt?«, fragt er über die Schulter.

»Sehr gründlich«, sagt Nele. »Ich weiß nicht, was sonst noch alles mit mir passiert.«

Opa reibt sich nachdenklich das Kinn. Nele hört das feine, kratzende Geräusch.

»Weißt du«, sagt er schließlich, »wahrscheinlich hat dieser Krill oft mit Leuten zu tun, die es mit der Wahrheit nicht so genau nehmen. Sie kommen mit den fantastischsten Geschichten daher, und er steckt eine Menge Zeit in die Untersuchungen, bloß um zum Schluss zu erfahren, dass man ihn an der Nase herumgeführt hat. Kein Wunder, dass er sich vorher absichern will.«

»Ich lüg ihn bestimmt nicht an«, sagt Nele. »Er kann mich fragen, was er will.«

Opa streckt die Hand nach ihr aus und zieht sie wieder zurück, ohne Nele berührt zu haben. »Genug geredet.« Er drückt das Stalltor auf. »Die Kühe sind schon ganz unruhig.«

Warm schlägt ihnen die Luft entgegen. Nele greift nach dem Besen und beginnt mit der Arbeit.

Ein Kälteschwall strömt herein, als der Vater den Stall betritt. Rasch schließt er das Tor hinter sich und sieht als Erstes nach Berthe. Sie hustet seit ein paar Tagen. Der Husten sitzt tief und hat einen beängstigenden Klang.

Der Vater klopft ihr beruhigend den Hals. Für übermorgen ist der Tierarzt bestellt. Noch scheint es nicht nötig zu sein, ihn vorher kommen zu lassen.

Nele versorgt den Bullen, trägt die Milcheimer zu den Kälbern, mistet ihre Boxen aus, gibt frisches Stroh hinein, füttert die Schweine und ist gerade auf dem Weg zu den Kaninchen, als sie plötzlich stehen bleibt.

Sie horcht.

Die Geräusche sind wie sonst. Das Schmatzen und Grunzen der Schweine. Das entfernte Muhen der Kühe. Das Surren der Melkmaschine.

Und doch ist etwas ganz und gar anders als sonst.

Nele schüttelt den Kopf über sich selbst. Sie füllt den Drahtkorb mit den Kohlblättern, geht an den Kaninchenställen entlang und wirft die Kohlblätter in die Futtertröge. Dann bleibt sie wieder stehen, aufgerichtet, lauschend.

Etwas ist ganz und gar…

Sie setzt den Korb ab, verlässt den Stall und überquert zögernd den Hof. Ein Windstoß fährt ihr kalt ins Gesicht. Nele spürt es kaum. Sie sieht sich selbst, wie sie da über den Hof geht, als stünde sie ein Stück entfernt neben sich. Sie hat die langsamen, schleppenden Schritte einer Schlafwandlerin. Und ihr ist auch zumute, als schlafe sie, als sei sie mitten in einem Traum, der jeden Augenblick zu einem Albtraum werden könnte.

Nele öffnet die Haustür, betritt die Diele, ohne Licht zu machen, hört Tims nörgelnde Stimme hinter der Küchentür, danach die beruhigende, feste Stimme der Mutter.

Die Treppe. Neles Hand greift nach dem Geländer. Ihre Füße heben sich und treffen sicher auf die Stufen, die unter ihrem Gewicht leise knarren.

Der Flur zu den Zimmern der Großeltern. Nele geht ihn entlang. Die ersten beiden Türen beachtet sie nicht. Vor der dritten Tür bleibt sie stehen. Ihre Hand legt sich auf die Klinke und drückt sie hinunter.

Das Licht der kleinen Nachttischlampe erhellt das Schlafzimmer nur schwach. Nele stößt einen erstickten Schrei aus und presst die Hand vor den Mund.

Oma liegt auf dem Bett, das Gesicht fahl, die Lippen blau. Ihre Finger haben sich in die Bettdecke gekrallt.

»Oma!«

Nele stürzt zum Bett. Oma hat die Augen geschlossen. Sie rührt sich nicht.

»Bleib ganz ruhig liegen, Oma. Ich hole Mama.«

Nele rennt über den Flur, springt die Treppe hinunter, immer zwei Stufen auf einmal, reißt die Tür zur Küche auf.

»Mama! Du musst den Doktor rufen! Oma…« Sie zeigt nach oben. Die Stimme gehorcht ihr nicht mehr.

Die Mutter läuft hinaus und kommt schnell wieder zurück. Sie nimmt den Telefonhörer, wählt, spricht. Nele erwacht aus ihrer Erstarrung und läuft zu Oma.

Oma hat ihre Lage nicht verändert. Auf dem Nachtschränkchen stehen jetzt ihre Herztropfen.

Das erschreckt Nele beinah noch mehr als Omas lautes, stoßweises Atmen. Sie kniet sich hin und streichelt Omas Hand, die immer noch in die Decke verkrampft ist.

Wenig später ist Opa an der anderen Seite des Betts. Er murmelt bestürzte Worte, greift nach Omas Hand. Behutsam löst er ihre starren Finger von der Decke und drückt sie gegen seinen Mund.

Und endlich fährt draußen ein Wagen vor.

Der Doktor stellt die Tasche ab, schickt Opa und Nele hinaus und schließt hinter ihnen die Tür.

»Ein Herzanfall«, sagt die Mutter, nachdem der Doktor wieder gefahren ist. »Schlimmer als die vorigen.«

Sie sieht Nele zärtlich von der Seite an. »Wenn du nicht zufällig zu ihr gegangen wärst, läge Oma jetzt wahrscheinlich im Krankenhaus. Vielleicht… vielleicht wäre sie sogar…« Sie beginnt, leise zu weinen.

Bei dem Wort *zufällig* wirft der Vater Nele einen prüfenden Blick zu. Nele weicht ihm aus.

»Ich wollte einfach mal nach ihr sehn«, sagt sie und kreuzt unter dem Tisch die Finger, wie sie es immer tut, wenn sie lügt.

13

»Nele! Wir haben uns ja ewig nicht mehr gesehen. Deiner Oma geht's wieder besser, hab ich gehört. Gott sei Dank! Nun komm aber erst mal rein.« Frau Wiebke zieht Nele in den dämmrigen Flur und schließt die Haustür.

Sie trägt einen geblümten Kittel, der über dem üppigen Busen und den breiten Hüften spannt. Ihr Haar ist grau, von gelblich weißen Strähnen durchzogen und im Nacken zu einem dicken Knoten geschlungen. Ihr Gesicht ist rund und rot, ihr Kinn energisch und behaart. Sie nimmt Nele den Anorak ab und senkt die Stimme.

»Ich würd mich ja gern noch ein bisschen mit dir unterhalten, aber er wartet schon auf dich.«

Nele will in die Stube gehen, doch Frau Wiebke hält sie zurück, macht eine Kopfbewegung zur Treppe hin. »Oben. Im Gästezimmer.«

Vorbei an alten Gemälden in dunklen Farben folgt Nele Frau Wiebke die Treppe hinauf. Die Stufen sind mit Teppichboden belegt, der das Geräusch der Schritte verschluckt. Vor einer der Türen im oberen Flur bleibt Frau Wiebke stehen und klopft an.

»Ja bitte!«

Frau Wiebke öffnet die Tür. »Nele ist da, Herr Doktor.« Sie schiebt Nele ins Zimmer.

Herr Krill kommt Nele entgegen, reicht ihr die Hand und lächelt. »Danke, Frau Wiebke«, sagt er knapp.

Frau Wiebke, die Nele ins Zimmer gefolgt war, streckt beleidigt das Kinn vor, streicht den Kittel glatt und zieht sich zurück.

Herr Krill geht zu dem kleinen Schreibtisch am Fenster und

beugt sich darüber. Mit einem verstohlenen Blick versucht Nele, sich die Einzelheiten des Zimmers einzuprägen.

»Schau dich nur um«, sagt Herr Krill, als hätte er ihren Blick gespürt, und Nele wird rot.

Als Herr Krill sich wieder zu ihr umdreht, hält er eine blaue Mappe und einen Kugelschreiber in der Hand. Er legt beides auf einen kleinen, runden Tisch, der in der Mitte des Zimmers steht.

»Wie du siehst«, sagt Herr Krill, weist auf einen der Korbsessel am Tisch und setzt sich in den anderen, Nele gegenüber, »wie du siehst, habe ich bereits eine Mappe angelegt. Das bedeutet, dass ich die Hoffnung habe, viel über dich zu erfahren.«

Auf dem Tisch stehen eine Flasche Mineralwasser und eine Flasche Traubensaft, daneben zwei Gläser.

»Hast du Durst?«

Nele nickt. Überrascht bemerkt sie, wie trocken ihre Kehle plötzlich ist.

»Traubensaft oder Wasser?«

»Traubensaft.«

Herr Krill gießt Saft in das eine Glas und schiebt es Nele zu. Das andere Glas füllt er mit Mineralwasser. Er hält sein Glas hoch.

»Auf dich und mich und darauf, dass wir gut miteinander auskommen werden.«

Nele ist froh, dass es ihr gelingt zu trinken, ohne sich zu verschlucken und ohne etwas zu verschütten. Sie kommt sich ungelenk vor und entsetzlich fehl am Platz.

»Wie geht es deiner Großmutter?«

»Besser. Sie ist ganz schön stark. Nur ihr Herz weiß das manchmal nicht.«

In den grauen Augen blitzt ein Lächeln auf.

»Wie gut, dass du zufällig in ihr Zimmer gekommen bist. Doktor Fried hat mir davon erzählt.«

Nele wird wieder rot.

Die grauen Augen sind wachsam. Neles Verlegenheit ist ihnen nicht entgangen.

»Eigentlich«, gibt Nele zu, »ist es gar kein Zufall gewesen. Ich war im Stall und hab die Kaninchen gefüttert und auf einmal hat es mich ins Haus gezogen. Es war ganz sonderbar.«

Herr Krill hat aufmerksam zugehört. »Nele«, fragt er jetzt, »stört es dich, wenn ein Kassettenrecorder läuft, während wir uns unterhalten? Dann brauche ich mir keine Notizen zu machen. Das kann ich dann hinterher in aller Ruhe tun.«

»Nein, das stört mich nicht.«

»Gut.« Herr Krill geht zum Schreibtisch, zieht einen Kassettenrecorder heran und drückt auf einen Knopf. »Er macht keine Geräusche. Man bemerkt ihn gar nicht.« Er setzt sich wieder und schlägt die langen Beine übereinander.

»Hast du den Stall verlassen, weil du dir um deine Großmutter Sorgen gemacht hast?«

»Nein. Irgendwie sind meine Füße gelaufen, ohne dass ich es wollte. Und plötzlich war ich in Omas Schlafzimmer.«

»Du hast dabei nicht an deine Großmutter gedacht?«

»Ich hab überhaupt nicht gedacht. Es war, als würde ich schlafen.«

Herr Krill kneift die Augen zusammen. »Hatte deine Großmutter schon häufiger Herzanfälle?«

»Sie hatte mal einen Herzinfarkt. Damals bin ich noch klein gewesen. Ich hab kaum was davon mitgekriegt, nur dass sie eine Zeit lang im Krankenhaus war. Seitdem hat sie ein paarmal Anfälle gehabt. Die waren aber nicht so schlimm.«

»Nimmt sie Tropfen oder Tabletten?«

»Tabletten. Tropfen nur, wenn sie einen Anfall hat.«

»An dem Tag, über den wir jetzt sprechen – ging es ihr da schon vorher nicht gut? Hat sie über Atemnot geklagt oder schlecht ausgesehen?«

Nele schüttelt den Kopf. »Sie hat sich nur kurz vorher ziemlich aufgeregt. Sie ... sie will nicht, dass ich zu Ihnen komme.« Betreten weicht sie seinem Blick aus.

»Hat sie sich so sehr aufgeregt, dass man mit einem Herzanfall rechnen konnte?«

»Nein. Wir haben uns ausgesprochen und danach war sie wie immer.«

Herr Krill legt die Hände auf die blaue Mappe. Seine Daumen streichen über die Beschriftungslinien, auf denen Nele ihren Namen liest.

»Würdest du sagen, sie hat dich gerufen, als du im Stall warst?«

Nele überlegt lange, bevor sie antwortet. »Vielleicht hat sie an mich gedacht und ich hab's irgendwie gespürt.«

»Ist so etwas schon häufiger passiert zwischen euch?«

Nele lächelt. »Wir haben manchmal denselben Gedanken und sprechen ihn gleichzeitig aus. Aber ich glaube, das ist nur, weil wir uns so ähnlich sind.«

Herr Krill schlägt die Mappe auf. Darin liegt weißes Papier. Herr Krill nimmt den Kugelschreiber und schreibt einige Sätze auf das erste Blatt.

»Hast du jemals deutlich etwas vorhergesehen, Nele? Etwas, das dann tatsächlich eingetroffen ist?«

Nele nickt. »Kleinigkeiten. Ich weiß plötzlich, dass einer einen bestimmten Satz sagen wird. Oder dass er gleich etwas Bestimmtes tut.«

Sie nimmt einen Schluck vom Traubensaft. Das verschafft ihr eine Atempause.

»Einmal hatte unser Nachbar einen Unfall, den ich gesehen

habe. Aber ich habe ihn erst gesehen, nachdem er schon passiert war.«

»Sind es immer schlimme Dinge, die du siehst?«

»Fast immer«, sagt Nele leise. »Deshalb hab ich ja solche Angst davor.«

»Erinnerst du dich an das erste Mal?«

Nele schüttelt den Kopf. »Meine Mutter hat mir erzählt, dass ich damals, in der Nacht vor Omas Herzinfarkt, plötzlich hohes Fieber hatte. Ich hab immerzu geweint und *Oma* gerufen, selbst wenn sie an meinem Bett gesessen hat. Nach dem Infarkt ist das Fieber sofort wieder gesunken. Ich war überhaupt nicht krank. Nicht mal erkältet.«

Herr Krill macht sich wieder eine Notiz. Seine Schrift ist flüchtig und rund. Er zieht die einzelnen Buchstaben weit auseinander, braucht für vier, fünf Worte eine ganze Zeile.

»Und das Feuer, Nele? Hast du es wieder gesehen?«

Neles Hände fangen an zu zittern. Sie versteckt sie unterm Tisch.

»Lassen wir das«, sagt Herr Krill beiläufig. »Heben wir uns das für später auf. Irgendwann wirst du bereit sein, darüber zu sprechen.«

Nele lächelt ihm dankbar zu. »Irgendwann? Haben wir denn so viel Zeit?«

»Zeit ist kein Problem«, sagt Herr Krill. »Ich werde eine Weile hier bleiben und unsere Arbeit mit einem schönen, geruhsamen Urlaub verbinden. Doktor Fried braucht das Gästezimmer im Augenblick nicht. Wir beide nutzen die Abende, um endlich einmal wieder Erinnerungen auszutauschen. Wir sind nämlich alte Freunde.«

Nele nickt. »Der Doktor hat's mir erzählt.«

Herr Krill zieht die Stirn in Falten, um den Faden wiederzufinden.

»Ich habe viel von deinen Heilkräften gehört, Nele. Wie sieht es damit aus?«

Nele zuckt mit den Schultern.

»Was genau tust du, wenn du kranken Menschen oder Tieren hilfst, und *wie* vor allem tust du es?«

»Ich weiß es selbst nicht. Es ist so schwer, das zu erklären.« Nele überlegt angestrengt. »Meine Hände werden zuerst ganz warm, dann richtig heiß und ...« Sie sieht Herrn Krill hilflos an. »Ich weiß es wirklich nicht.«

»Gut.« Herr Krill steht auf und schaltet den Recorder aus. »Ich glaube, das reicht für heute.« Er stellt sich ans Fenster und sieht hinaus. »Bist du mit dem Fahrrad hier?«

»Ja.«

»Dann würde ich dich gern ein Stück begleiten. Es ist so ein wundervoller Tag, da kann man doch nicht im Haus hocken.«

Nele schiebt das Rad. Herr Krill geht mit langen Schritten neben ihr her.

»Die ersten Schneeglöckchen«, sagt er und bleibt an einem Vorgarten stehen. »Meine Lieblingsblumen. Weil sie den Frühling ankündigen und die Wärme. Wenn man alt wird, verträgt man die Kälte nicht mehr. Ich würde am liebsten nur noch in der Sonne sitzen.«

Er schaut zu Nele hinunter. »Hast du auch Lieblingsblumen?«

»Malven«, sagt Nele, »weil sie so schön sind. Und Flieder und Maiglöckchen, weil sie so duften.«

»Ja«, sagt Herr Krill. »Diese Pflanzen passen zu dir.«

Eine Weile gehen sie schweigend nebeneinanderher. Herr Krill hat die Hände auf dem Rücken verschränkt. Er geht leicht vornübergebeugt.

»Weißt du, Nele, was ein fotografisches Gedächtnis ist?«

Nele schüttelt den Kopf.

»Man sieht ein Gesicht, ein Bild oder was auch immer und kann es nicht vergessen. Ich habe ein solches Gedächtnis. Manche Menschen beneiden mich darum, doch ich bin alles andere als glücklich damit. Es ist wichtig, dass man vergessen kann. Es nicht zu können, ist eine Qual.«

»Ich vergesse ganz viel«, sagt Nele.

Herr Krill wirft ihr einen ernsten Blick zu. »Du nicht«, sagt er. »Es würde dich überraschen, wenn du wüsstest, an wie viel du dich erinnern kannst, wenn man dir nur ein wenig dabei hilft.«

14

»Wie ist er denn so?«

Nele hält David den Mund zu und dirigiert ihn in eine leere Ecke des Schulhofs. »Nicht so laut! Die andern werden es noch früh genug erfahren und dann herumposaunen.«

»Wie er so ist«, beharrt David, diesmal leiser.

»Ganz anders als der Doktor«, sagt Nele. »Nicht halb so lustig. Eigentlich passen sie gar nicht zusammen. Er hat mir tausend Fragen gestellt und alles auf Kassette aufgenommen.«

»Mann!« David pfeift durch die Zähne. »Da ist wohl jedes Wort ungeheuer wichtig, was?«

»Keine Ahnung.«

»Meinst du, der macht auch Geisterbeschwörungen und so'n Zeugs?«

David ist ganz nah an Nele herangetreten. Er flüstert nur noch.

Nele schiebt ihn weg. »Mensch, David! Das ist doch Quatsch.«

Beleidigt zieht David sich zurück. »Verstehe. Alles topsecret. Und ich Blödmann habe geglaubt, wir hätten keine Geheimnisse voreinander.«

»Überhaupt nicht topsecret«, sagt Nele. »Wenn ich doch selbst kaum was über ihn weiß! Jedenfalls hingen keine schwarzen Vorhänge vor den Fenstern. Es brannten keine dunklen Kerzen. Da war keine unheimliche Musik. Und Geister sind auch nicht um uns herumgehüpft.«

»Geschwebt«, verbessert David sie.

»Was?«

»Geister schweben. Die hüpfen nicht.«

Nele verdreht die Augen. »Meinetwegen. Aber geschwebt sind auch keine. Er lebt in Süddeutschland. Schneeglöckchen sind seine Lieblingsblumen. Außerdem hat er ein fotografisches Gedächtnis oder wie das heißt. Mehr weiß ich selbst nicht über ihn.«

»Ein fotografisches Gedächtnis?« Verständnislos sieht David sie an.

»Er kann sich an alles erinnern. An alles, was er je gesehen hat. Er sagt, das wäre unerträglich.«

»Unerträglich?« Davids Gesicht nimmt einen verklärten Ausdruck an. »Stell dir vor, du liest ein Buch und vergisst keinen einzigen Satz! In jeder Klassenarbeit hättest du eine Eins.«

Von dieser Seite aus hat Nele es noch nicht betrachtet. »Trotzdem«, sagt sie zweifelnd. »Irgendwann muss es in deinem Kopf schwirren wie in einem Wespennest. Du kannst ja auch die Sachen nicht vergessen, die du vergessen willst.«

David verzieht den Mund. »Schreckliche Vorstellung, Leute wie den Klodwig nie vergessen zu können! Nie vergessen zu können, wie er sich mit seinen dicken Fingern einen Pickel aufkratzt. Oder wie er einem mit seinen voll gerotzten Taschentüchern vorm Gesicht rumwedelt.«

Kichernd schlendern sie zu den anderen zurück. Einige Minuten später ist die Pause zu Ende.

Herr Klodwig kommt mit seinem eigentümlich steifen Gang in die Klasse, einen Stapel Hefte unterm Arm.

»Die Mathearbeit«, flüstert David. »Und ich hab so gehofft, er würde länger dafür brauchen.«

Herr Klodwig stellt die Tasche ab, lässt die Hefte mit einem Knall auf das Pult fallen und verschränkt die Arme vor der Brust.

»Ich habe immer den Eindruck gehabt, euch Mathematik beizubringen«, sagt er. »Doch offenbar klingt das, was ich sage, in euren Ohren wie Chinesisch. Diese Arbeit jedenfalls ist eine bodenlose Frechheit.«

Er greift nach den Heften und ruft die Namen in die Klasse. Nacheinander gehen die Aufgerufenen nach vorn, um ihr Heft in Empfang zu nehmen. Die Besten zuerst. Die Guten danach. Dann die Mittelmäßigen. Die Schlechten zuletzt.

David wird irgendwo in der Mitte aufgerufen. Nele ist eine der Letzten. Sie hat eine Fünf.

»Was zu erwarten war«, sagt Herr Klodwig kühl, als er ihr das Heft in die Hand gibt. »Du ziehst es vor, im Unterricht zu träumen, und das ist die Quittung dafür.«

Nele setzt sich wieder auf ihren Platz und starrt das schrecklich rote *Mangelhaft* an. So ein schönes rundes Wort und eine so niederschmetternde Bedeutung.

An der Tafel erklärt Herr Klodwig die Aufgaben. Nele hört das Auf und Ab seiner Stimme, ohne zu verstehen, was sie sagt.

Es wird keinen Ärger geben zu Hause. Nach dem Gespräch der Eltern mit Herrn Klodwig hat es auch keinen Ärger gegeben. Den Eltern ist wichtig, dass Nele bei der Arbeit auf dem Hof zupacken kann. Dass sie sieht, was zu tun ist, ohne dass man sie erst darauf hinweisen muss. Die Schule spielt zu Hause keine große Rolle.

Aber Nele selbst macht es etwas aus, wenn sie schlechte Noten bekommt. Es macht ihr etwas aus, dass sie Herrn Klodwig damit einen Vorwand für seine Angriffe liefert.

Herr Klodwig ist kurz angebunden. Er redet nur das Nötigste und lobt nicht einmal dort, wo es etwas zu loben gibt. Eine schlecht ausgefallene Arbeit sieht er als persönliche Beleidigung an. Jede einzelne Vier und Fünf richtet sich gegen ihn, von den Sechsen ganz zu schweigen. Auch in der Physikstunde wird er sich heute so verhalten, unnahbar, brüsk, wird so tun, als wäre er nur zufällig in diese enttäuschende Klasse geraten.

Die Schüler benehmen sich wie geprügelte Hunde, ängstlich darauf bedacht, ihm nur ja alles recht zu machen. Herr Klodwig geht nicht darauf ein. Selbst Malte, den Alleskönner in Mathe, beachtet er nicht.

Nele betrachtet Herrn Klodwigs plumpen Körper. Die kurzen Oberschenkel. Die breiten Schultern. Den runden Hinterkopf, der direkt aus den Schultern herauszuwachsen scheint. Die klobigen, fleischigen Hände.

Und dann schiebt sich ein anderes Bild davor. Das eines hoch gewachsenen, hageren Mannes mit weißem Haar, faltiger Haut und wolkengrauen Augen.

Nele lächelt, wird jedoch rasch wieder ernst, als der Blick von Herrn Klodwig sie streift.

Opa ist der Erste, dem Nele nach der Schule begegnet. Er ist auf dem Weg zur Scheune, setzt die Schubkarre ab, bleibt stehen und sieht ihr entgegen. Er runzelt die Stirn. »Mathe?«

Nele nickt.

»Daneben?«

»Fünf.«

Opa legt ihr die Hand auf die Schulter. »Schau mal in den Stall.«

Nele lässt den Ranzen fallen. »Rosa?«

Opa brummt zustimmend.

»Und es lebt?« Beim letzten Mal ist Rosas Kalb tot auf die Welt gekommen.

»Ob es lebt?« Opa lacht. »Und wie! Ein prächtiger kleiner Kerl. Es ging ganz leicht. Rosa hätte ebenso gut allein kalben können.«

Nele läuft in den Stall und geht neben dem Kalb auf die Knie. Zärtlich berührt sie das noch feuchte, gekräuselte Fell auf seiner Stirn.

»Weißt du was«, flüstert sie, »in der nächsten Mathearbeit werde ich eine Drei schreiben. Ich hab's mir fest vorgenommen.«

Das Kalb gibt ein dünnes, halbherziges Muhen von sich, das eher wie das Blöken eines Schafs klingt.

»Herr Krill ist so klug. Ich will mich vor ihm doch nicht blamieren.«

Das Kalb versucht, sich aufzurichten, doch seine staksigen Beine knicken ein und es fällt wieder ins Stroh zurück.

»Lass dir Zeit. Du wirst es schon noch lernen. Weißt du übrigens, wem du gleichst?« Nele streichelt seinen Nacken. »Ein bisschen siehst du aus wie mein Mond. Und Mond ist ein ganz besonderes Kalb gewesen.«

Eine Weile bleibt Nele still bei ihm sitzen, hängt Gedanken nach, die sie gleich darauf wieder vergessen hat, steht dann auf, verlässt den Stall und geht zum Haus hinüber.

Sie hat die Türklinke schon in der Hand, als sie sich anders besinnt. Rasch geht sie über den Hof zurück, öffnet das kleine, quietschende Gartentor und durchquert den Garten, in dem noch tiefer Winter ist.

Ganz am Ende, bei den Weiden, wachsen in dichten Büscheln die Schneeglöckchen. Nele schaut nach, ob sie schon groß genug sind, und nickt befriedigt.

Sie schlendert an der kahlen Rosenhecke entlang zum Wassergraben. Dort bückt sie sich und pflückt einen Strauß von den längsten und schönsten Gräsern.

Oma ist wach. Sie richtet sich auf und stopft sich das Kissen in den Rücken.

»Für dich, Oma.« Nele hält ihr den Strauß hin.

»Wintergras«, sagt Oma träumerisch und schnuppert daran.

Nele holt eine Vase aus dem Schrank, gibt das Gras hinein und stellt die Vase auf das Nachtschränkchen.

»Und sonst?«, fragt Oma.

»Eine Fünf in Mathe.«

Oma sieht sie mit ihrem Ich-hab-es-ja-gleich-gewusst-Blick an und lacht dann leise auf. »Es gibt Schlimmeres, oder? Wir könnten zum Beispiel elendiglich verhungern, wenn du mir nicht auf der Stelle meinen Bademantel holst und mit mir zum Essen gehst.«

15

Es dauert eine Weile, bis die Tür geöffnet wird. Frau Wiebke atmet schwer, als wäre sie die Treppe heruntergerannt. Ihr Gesicht ist verschwitzt. Haarsträhnen sind ihr aus dem Knoten gerutscht. Sie steckt sie wieder fest. Ihre Hände sind rot und rissig.

»Hab ordentlich zu tun. Die Fenster, die Wäsche, das Kochen. Manchmal wird's mir fast zu viel.«

Seufzend schließt sie die Haustür, zupft sich den Kittel zurecht. »Wie geht's zu Hause? Was macht Oma?«

»Die ist schon wieder auf den Beinen«, sagt Nele. »Eigentlich soll sie sich ja schonen. Aber das kann sie nicht.«

»Nein«, stimmt Frau Wiebke ihr zu. »Ich kann das auch nicht. Weiß der Himmel, warum.« Sie schaut auf Neles Hände, die einen kleinen Strauß Schneeglöckchen halten.

»Die hab ich Herrn Krill mitgebracht«, sagt Nele. »Weil Schneeglöckchen doch seine Lieblingsblumen sind.«

»Bist ein liebes Mädchen.« Frau Wiebke nimmt Neles Anorak. »Dann geh mal hoch. Du kennst ja den Weg.«

Nele steigt die Treppe hinauf. Oben klopft sie an.

»Ja bitte!«

Er steht am Fenster und dreht sich langsam zu ihr um. Nele hält ihm das Sträußchen hin. Sie hatte sich ein paar Worte dazu überlegt, doch nun fallen sie ihr nicht mehr ein.

»Schneeglöckchen. Wie aufmerksam von dir.« Er sucht das Zimmer mit den Augen ab, die Schneeglöckchen in der großen Hand, in der sie beinah verschwinden. »Eine Vase gibt es hier anscheinend nicht. Aber ein Glas tut es auch, meinst du nicht?«

Er nimmt ein Glas aus dem Schrank und geht hinaus. Nele hört das Geräusch von fließendem Wasser, dann kommt er zurück. Er stellt das Glas mit den Schneeglöckchen auf den Tisch und weist auf den Sessel, in dem Nele beim letzten Mal gesessen hat.

Die Sonne scheint ins Zimmer. Herr Krill sitzt mit dem Rücken zum Fenster. Wie ein Heiligenschein schimmert sein Haar im Licht. Sein Gesicht dagegen ist wie ausgelöscht von der Helligkeit.

Nele blinzelt.

»Stört dich die Sonne?«

»Ein bisschen.«

Er steht auf, lässt das Rollo ein Stück herunter, schaltet den Kassettenrecorder ein und setzt sich wieder.

»Ich hätte da noch ein paar Fragen, Nele. Können wir?«

»Ja.«

»Gehst du gern zur Schule?«

Nele überlegt. Worte, die festgehalten werden, bekommen ein viel zu großes Gewicht. »Eigentlich ja«, sagt sie schließlich. »Meistens jedenfalls.«

»Bist du eine gute Schülerin?«

Nele weicht seinem Blick nicht aus. »Grad heute hab ich eine grottenschlechte Mathearbeit zurückgekriegt. In Physik bin ich auch nicht besonders. In Deutsch geht's. Deutsch macht mir Spaß.«

»Wie kommst du mit deinen Lehrern aus?«

»Ganz gut. Nur mit dem Klodwig nicht.«

»Welche Fächer unterrichtet er denn?«

»Mathe und Physik.«

Sie lachen beide.

»Du magst ihn nicht?«

»Er mag mich genauso wenig.«

»Das kann ich mir beim besten Willen nicht vorstellen.« Herr Krill legt den Kopf schief. Er sieht aus wie eine freundliche alte Eule. »Und die Kinder in deiner Klasse? Hast du guten Kontakt zu ihnen?«

»Zu den meisten ja.«

»Wissen sie von deinen Fähigkeiten?«

Nele macht eine ungefähre Bewegung mit den Händen. »Von den Bildern wissen sie nichts. Aber von allem anderen weiß das ganze Dorf. Die Klasse sowieso. Ich hab nämlich mal Veras Hund gesund gemacht.«

»Bewundern dich deine Klassenkameraden dafür, dass du so etwas kannst?«

Nele schüttelt den Kopf. »Ich glaub eher, dass es ihnen unheimlich ist. Obwohl sie Witze darüber machen.« Sie lacht ein kleines, unsicheres Lachen. »Wahrscheinlich halten sie mich sogar für eine Hexe.«

»Und du? Wie denkst du selbst über dich?«

Nele sieht über seine Schulter hinweg zum Fenster mit dem halb heruntergelassenen, schief hängenden Rollo. Ihre Stimme klingt ein wenig heiser, als sie antwortet.

»Ich weiß nicht, was ich bin.«

Auf der Fensterbank steht eine vergessene Primel mit gelben Blättern und blassen Blüten. Nele wendet die Augen ab.

»Ich kann etwas und begreif nicht, *wieso* ich das kann. Ich versteh doch überhaupt nichts von Krankheiten. Das ... das ist, als ob Oma ihre Tees machen könnte, ohne die Kräuter zu kennen.«

Herr Krill nickt. Seine Hände liegen reglos auf den Armlehnen des Sessels.

»Hast du schon einmal eine Erscheinung gehabt?«

»Eine Erscheinung?« Nele grinst. »Meinen Sie Geister oder so was?«

Herr Krill antwortet nicht.

»Nein.« Nele wird wieder ernst. »Ich spinne doch nicht.«

»Hast du jemals Stimmen gehört?«

Er lässt nicht locker, denkt Nele, macht einfach da weiter, wo er aufgehört hat.

»Was für Stimmen?«

»Nun, Stimmen, die von irgendwoher kommen, ohne dass jemand in der Nähe ist.«

»Nein«, sagt Nele heftig, beinahe wütend, »keine Stimmen.«

»Geräusche, die du dir nicht erklären kannst?«

»Auch nicht.«

Nele rutscht im Sessel hin und her. Dies hier ist wieder eine Prüfung. Sie versucht herauszufinden, um was es bei dieser

Prüfung geht, doch es gelingt ihr nicht. Und Herr Krill sitzt so entspannt da, als plauderten sie übers Wetter.

Plötzlich sind seine schmalen Hände hässlich. Nele sieht die braunen Altersflecken auf den Handrücken, das gelbliche, rund gefeilte Weiß der Nägel, den schwachen Haarflaum auf den Fingern.

Keine Kraft, denkt sie. Nicht halb so viel Kraft, wie Opas Hände haben. Diese Finger haben immer nur in Büchern geblättert. Sie haben nie eine Mistgabel gehalten, nie das Euter einer Kuh berührt.

Nie was Wichtiges getan?

»Sie haben gesagt, dass Sie mit mir arbeiten wollen.«

Nele ärgert sich über den anklagenden Ton in ihren Worten.

»Aber genau das tue ich, Nele.« Herr Krill sieht ihr forschend ins Gesicht.

»Wir reden doch bloß.«

»Das gehört dazu. Ich muss mir ein Bild von dir machen, muss sicher sein.«

»Sicher«, sagt Nele verletzt. »Haben Sie denn immer noch kein Vertrauen zu mir?«

Herr Krill hebt die Hände, um Nele daran zu hindern, weiterzusprechen. »Wenn ich kein Vertrauen zu dir hätte, wären wir beide nicht hier.«

Er schiebt den Sessel zurück, steht auf, reibt sich die Hände. »Kühl ist es. Was meinst du, sollen wir Frau Wiebke um einen schönen heißen Kakao bitten?«

»Sie hat viel zu tun«, sagt Nele. »Aber ein Kakao wär nicht schlecht.«

»Gut.«

Herr Krill geht hinaus. Nele hört ihn husten. Sie versucht, den Kopf wieder freizubekommen. Eine weiße Wand stellt sie sich vor, eine riesige weiße, leere Wand.

Meistens hilft das.

Diesmal nicht.

Nele geht zum Fenster, stützt sich auf die Fensterbank und sieht hinaus.

Kinder spielen auf dem Gehweg gegenüber, zwei kleine Jungen in dicken Jacken und Hosen. Ein brauner, zotteliger Hund ist bei ihnen. Schwanzwedelnd schnüffelt er um sie herum.

Der Himmel ist frühlingsblau. Nele denkt an den Garten zu Hause mit seinen Tulpen, Narzissen und Hyazinthen, auf die Oma jedes Jahr so stolz ist.

Doch zuerst wird alles übersät sein mit Krokussen in allen Farben.

Die Arbeit draußen wird wieder beginnen. Nele hört die Traktorengeräusche, als wären sie wirklich, hört das Rufen des Vaters und Opas Antwort von irgendwoher.

Meine Hände, denkt Nele. Sie brauchen die Arbeit. Nie werden sie aussehn wie die von Herrn Krill.

Ihre Hände. Sie schaut darauf nieder. Klein sind sie und breit. Die Finger ein bisschen zu kurz geraten. Grübchen an den Knöcheln.

Die Nägel schon lange nicht mehr abgekaut. Das hat sie sich abgewöhnt. Mit Opas Hilfe.

»Nele«, sagte er nur, freundlich, erinnernd, sooft sie wieder an ihnen knabberte.

Nele lächelt vor sich hin. Opa. Keiner kennt ihn so gut wie sie. Nur Oma.

Opa und Oma. Sie sind so verschieden voneinander und so sehr eins.

Von unten dringen Geräusche zu ihr herauf, Stimmen, das Klappern von Geschirr. Dann öffnet sich die Tür und Herr Krill trägt ein Tablett herein.

»So.« Er stellt das Tablett auf den Tisch. Mit zwei langen

Schritten ist er beim Schreibtisch und schaltet den Recorder aus.

»Ist er die ganze Zeit über an gewesen?«, fragt Nele bestürzt. Sie ist sich nicht sicher, ob sie ihre Gedanken nur gedacht oder auch ausgesprochen hat.

Herr Krill nickt. »Ich vergesse oft, ihn auszuschalten.«

Der Duft des Kakaos breitet sich im Zimmer aus. Sie sitzen einander wieder gegenüber. Herr Krill gießt den Kakao in zwei hohe Becher.

»Hoffentlich schmeckt er dir. Du hattest Recht – Frau Wiebke hatte tatsächlich zu viel zu tun. Und so habe ich ihn selbst gemacht. Ich süße nie mit Zucker, sondern immer mit Honig.«

Nele nimmt einen Schluck und schließt genüsslich die Augen. »Schmeckt toll.«

Herr Krill schlürft ein bisschen. Über den Rand seines Bechers hinweg ist der Blick seiner grauen Augen auf Nele gerichtet. Nele spürt es, ohne hinzusehen.

»Warum kommst du zu mir, Nele?« Herr Krill wischt sich mit einem karierten Taschentuch die Lippen.

Überrascht hebt Nele den Kopf. »Damit Sie mir helfen.«

»Wobei?«

Neles Finger befühlen das glatte Muster auf ihrem Becher. »Ich will verstehen, was mit mir los ist.«

Herr Krill beugt sich vor. Sein Sessel knarrt. »Dazu brauchen wir viel Zeit. Und noch mehr Geduld. Hast du die Geduld?«

»Keine Ahnung. Aber ich will es versuchen«, sagt Nele leise.

Herr Krill steht auf, um den Kassettenrecorder wieder einzuschalten. »Du wirst noch oft wütend sein«, sagt er, »und mich oft verwünschen. Damit wirst du zurechtkommen müssen.«

Er räuspert sich, bleibt beim Fenster stehen und sieht hinaus. »Gut«, sagt er, ohne sich umzudrehen. »Machen wir weiter.« Und er fängt wieder an.

Nele hätte nicht gedacht, dass man so viele Fragen stellen kann. Sie hätte nicht gedacht, dass sie so viele Antworten weiß. Ab und zu sperrt sich etwas in ihr gegen die Fragen, die Tiefes in ihr berühren. Dann tastet sie sich vor wie in fremdes Land.

Nicht einmal David hat sie so viel von sich preisgegeben.

Wie viel Zeit ist vergangen? Eine Stunde? Zwei Stunden? Drei?

Ihr Hals ist trocken und ihr ist übel vom Reden.

»Du bist müde«, stellt Herr Krill fest, knapp, fast ruppig. Hat er sich geärgert?

Er schaltet den Recorder aus. »Wir machen übermorgen weiter.«

Nele verabschiedet sich von ihm. Seine Hand ist kühl. Unter seinen Augen liegen dicke Tränensäcke. Nele bemerkt sie erst jetzt.

Er begleitet sie nach unten, hält ihr den Anorak, damit sie hineinschlüpfen kann.

»Und Sie?«, fragt Nele. »Warum lassen Sie mich herkommen?«

Er zieht die Augenbrauen hoch. »Weil es mein Beruf ist«, sagt er und hält ihr die Tür auf.

Nele springt die Stufen hinunter und schiebt das Rad auf die Straße. Sie schaut zurück, um ihm noch einmal zuzuwinken, doch er hat die Haustür schon geschlossen.

16

Nele schreckt aus dem Schlaf, gelähmt von Entsetzen, das Flackern des Feuers noch vor Augen. Es dauert eine Weile, bis sie sich zurechtfindet.

Da ist das Fenster, der Schrank, der Tisch. Da ist Tims Bett. Und sein Atmen, lange, regelmäßige Züge.

Nele schiebt die Füße aus dem Bett, bewegt die Zehen auf dem kalten Holzboden auf und ab, beruhigt sich allmählich.

Barfuß geht sie ins Badezimmer. Sie macht kein Licht. Beugt sich übers Waschbecken, dreht den Wasserhahn auf und trinkt gierig.

»Stell dich den Bildern, wenn sie das nächste Mal kommen«, hat Herr Krill gesagt. »Lauf nicht weg. Versuche es. Lass sie zu.«

Nele dreht das Wasser wieder ab. »Nein«, sagt sie laut. Sie wischt sich mit den Fingern die Tropfen vom Kinn. »Nein«, wiederholt sie flüsternd.

Manchmal empört sich alles in ihr gegen ihn. Nie weiß sie, woran sie mit ihm ist.

Mal behandelt er sie behutsam und liebevoll, mal ist er abweisend und in sich gekehrt, vergisst sogar für Minuten ganz, dass sie da ist, in seinem Zimmer, ihm gegenüber.

Mal behauptet er: »Ich habe immer Zeit für dich, wenn du mich brauchst«, und dann unterbricht er die Arbeit mit ihr, fährt auf einen Kongress und ist tagelang unerreichbar für sie.

Nele verlässt das Badezimmer, schließt geräuschlos die Tür hinter sich. Als sie sich wieder hinlegen will, richtet Tim sich in seinem Bett auf.

»Katzen«, jammert er. »Lauter Katzen im Fluss. Die können doch gar nicht schwimmen.«

»Du hast geträumt.« Nele drückt ihn sanft aufs Kissen zurück. »Schlaf weiter. Ich bleib ein bisschen bei dir sitzen.«

Sie setzt sich zu ihm auf die Bettkante, verschränkt die Arme vor der Brust.

Es ist eisig. Die Mutter besteht darauf, dass sie bei geöffnetem Fenster schlafen. Selbst bei klirrendem Frost. Sie behauptet, das wäre gesund.

Tim gähnt. Er legt den Arm über Neles Knie und schläft wieder ein.

Der Vorhang ist nicht ganz geschlossen. Er lässt einen Streifen Mondlicht herein, der den Möbeln gespenstische Schatten gibt.

Die Bilder zulassen.

Leicht gesagt.

Herr Krill muss ja keine Angst vor ihnen haben.

Beobachtet Nele bei den Tests, die Finger der einen Hand an der Schläfe, die andere Hand ruhig im Schoß, die Augen halb geschlossen.

Und dann, wenn sie etwas sagt oder tut, das ihn überrascht, das verwunderte Heben der Augenbrauen, ein kaum merkliches Zucken der Lider, ein leises Furchen der Stirn.

Aber kein Wort.

Worte immer nur, um zu fragen, zu fragen und zu fragen.

Nele deckt Tim zu und kehrt in ihr eigenes Bett zurück. Sie wickelt sich in die Decke ein, rollt sich auf die Seite, zieht die Knie an und reibt sich die kalten Beine.

»Versuchskaninchen«, murmelt sie schläfrig. »Das bin ich für ihn. Bloß ein Versuchskaninchen.«

Die Bilder zulassen.

Wo sonst wäre das möglich, wenn nicht hier.

Warum soll sie es nicht mal versuchen? Tim bei ihr im Zimmer. Die Eltern nebenan. Friedrich am Ende des Flurs. Oma und Opa in ihrer Wohnung, nur durch eine Wand von Nele getrennt.

Nichts kann ihr hier etwas anhaben.

Der Vorhang bläht sich im Wind, fällt wieder in sich zusammen, schaukelt sacht hin und her.

Nele starrt ihn an. Auf keinen Fall darf sie die Augen schließen, damit der Schlaf sie nicht überrascht. Vom Feuer zu träumen, ist viel schlimmer, als ihm mit offenen Augen zu begegnen.

Tims Atmen wird leiser. Die Konturen des Zimmers und der Möbel verschmelzen ineinander. Die Schatten wachsen.

Nele starrt auf den Vorhang, der sich weiter bewegt, hin und her, hin, her …

Und da ist der Mann.

Die Umrisse seines Körpers sind unscharf.

Wieder ist sein Gesicht nicht zu erkennen.

Sieh hin, hört Nele die Stimme von Herrn Krill. Ihr Herz klopft so heftig, dass es wehtut.

Die Hände des Mannes. Sie halten etwas.

Ein Buch? Zu groß für ein Buch. Neles Atem stockt von der Anstrengung, es zu erkennen.

Nicht wichtig. Weiter.

Kinderstimmen. Ganz sicher.

Das Fenster, hell. Der Vorhang, unbewegt.

Nele hört ein Stöhnen und bemerkt erschrocken, dass es ihr eigenes Stöhnen ist.

Hab keine Angst. Sieh hin.

Wenn Herr Krill jetzt hier wäre. Vielleicht ginge es dann leichter.

Der Raum. Ein Klassenzimmer?

Nele weiß nicht, ob er groß ist oder klein. Sie sieht keine Tische und keine Stühle.

Sonderbar, wie alles im Raum im Dunkeln bleibt. Als wäre nur die Gestalt des Mannes wichtig.

Der Mann steht auf. Er legt das Ding weg, das möglicherweise doch ein Buch sein könnte. Das Klassenbuch?

Er schließt das Fenster.

»Die Katzen! Sie ertrinken doch!«

Nele fährt zusammen.

Tim sitzt im Bett und weint.

»Nele! Ich hab so schlimm geträumt!«

»Willst du bei mir schlafen?«

»Ja.« Tim klettert aus dem Bett und schlüpft zu ihr unter die Decke. Zitternd schmiegt er sich an sie.

»Jemand hat all die Katzen ins Wasser geworfen. Und die Strömung ist ganz stark gewesen. Sie sind alle an mir vorbeigetrieben und haben geschrien. Ich hab nach einem Stock gesucht, aber dann konnten sie sich nicht dran fest halten.«

Nele drückt ihn an sich. »Es ist vorbei, Tim. Bestimmt sind sie inzwischen längst alle an Land gekrabbelt. Mach die Augen zu.«

Gehorsam schließt er die Augen und schiebt den Daumen in den Mund. Das hat er schon lange nicht mehr getan.

Es hat angefangen zu regnen. Nele lauscht dem gleichförmigen Trommeln auf dem Dach und entspannt sich. Sie mag Regen, hat ihn schon immer gemocht. Sie mag Wasser in jeder Form.

Das Meer. Die Seen. Tümpel.

Sie mag sogar die Abwassergräben, die schnurgerade die Wiesen und Weiden durchschneiden, obwohl das Wasser darin an manchen Tagen trüb und faulig ist.

Tim fürchtet sich vorm Wasser. Wenn er schlechte Träume hat, spielt meistens Wasser darin eine Rolle.

Nele stellt sich den Regen vor, wie er in feinen Schnüren

niedergeht, dann und wann auseinander gerissen vom Wind. Vielleicht hat Tim im Schlaf gespürt, dass es regnen würde.

Er ist wie eine Katze. Die Sommertage verbringt er in den Bäumen und im hohen Gras der Wiesen. Bei Regen hockt er auf der Fensterbank und sieht still hinaus.

Wie eine Katze.

Vielleicht mag er deshalb kein Wasser.

Du hast nicht hingesehen.

Die Stimme ist hart und vorwurfsvoll.

»Ich hab's versucht«, flüstert Nele. »Ich hab's wirklich versucht.«

Ausreden. Schickst dem armen kleinen Kerl einen bösen Traum, nur um dich den Bildern nicht stellen zu müssen.

»Ich soll Tim einen Traum … Das kann ich doch überhaupt nicht! Und wenn ich es könnte, würd ich's nicht tun.«

Leises Lachen, ein bisschen verächtlich.

Du kannst viel mehr, als du dir eingestehst.

Der Regen wird schwächer. Wind kommt auf, heult ums Haus, bringt das Scheunentor zum Klappern.

Wind.

Nele ist mit ihm aufgewachsen. Ihr Leben lang hat sie ihn in den Haaren gespürt und auf der Haut. Er hat ihr Sand ins Gesicht geschleudert und Tränen in die Augen getrieben.

Nele denkt an das unentwegte Rauschen und Brausen der hohen Pappeln. Die Sommer sind voll davon.

Als kleines Kind hielt sie sich die Ohren zu und starrte ängstlich auf die silbrige Unterseite der runden, flatternden Blätter. Sie fürchtete sich vorm Wind und seiner Kraft, fand nirgendwo Schutz vor ihm, nur im Haus.

Einmal hatte Oma Pappelzweige für die Vase geschnitten und sie auf die Kommode in der Diele gestellt. Jemand öffnete die Tür zum Hof und ein Windstoß fuhr herein.

Die Blätter bebten wie kleine, gefangene Vögel. Nele hätte gern schützend die Hände über sie gelegt, doch selbst das leise Beben der Blätter erschreckte sie.

Dann hatte sich die Furcht vorm Wind unmerklich zurückgezogen, bis sie irgendwann ganz verschwunden war.

Der vergangene Sommer mit seinen Stürmen und der knisternden Trockenheit. Immer wieder stob der Wind in die Kronen der Bäume und schüttelte sie aus. Dabei war längst noch nicht Herbst.

Das Scheunendach verlor Ziegel. Der Sturm riss ihm ein großes Loch. Nele konnte all das betrachten, ohne auch nur eine Spur der alten Angst in sich wiederzufinden.

Tim wimmert, wirft den Kopf hin und her.

»Ruhig«, flüstert Nele. »Das Wasser ist draußen. Es kann dir nichts tun.«

Die Müdigkeit und Tims Wärme machen ihren Körper schwer. Widerstrebend schließt sie die Augen.

Wenn doch bloß auch das Feuer draußen bliebe, denkt sie, und darüber schläft sie ein.

17

»Mann! Bin ich aufgeregt!« David steckt die Hände in die Taschen seiner Jacke, zieht sie wieder heraus und steckt sie gleich darauf wieder hinein. Ein Teil seiner Stimme wird von der Kapuze verschluckt. »Wieso ist er ausgerechnet auf mich gekommen?«

Nele reibt sich über das nasse Gesicht. »Weil du mein Freund bist. Er hat gesagt, ich darf einen Freund mitbringen. Aber das hab ich dir doch schon hundertmal erklärt.«

»Hoffentlich kann ich das überhaupt, was ich machen soll.«

»Klar kannst du das. Stell dich nicht so an!« Nele streift die Kapuze ab. Ein paar Tropfen rinnen ihr in den Nacken, ein ekliges Gefühl.

»Ich läute jetzt und dann bringen wir's hinter uns.«

David nickt betreten. Nele drückt auf den Klingelknopf.

Frau Wiebke nimmt ihnen die Jacken ab. »So ein Hundewetter«, sagt sie gereizt. »Man kommt mit dem Aufwischen gar nicht mehr nach.« Diesmal trägt sie keinen Kittel, sondern eine weiße Schürze, die nicht ganz sauber ist.

Verfroren, nass und stumm steht David neben Nele und schaut sich unbehaglich um.

»Na, dann geht mal rauf. Nele ist ja hier schon zu Hause.« Damit verschwindet Frau Wiebke in der Küche, aus der es nach frisch gebackenem Brot duftet.

Herr Krill begrüßt David mit einem langen Händedruck. »Nett von dir, dass du uns bei unserem Experiment helfen willst. Aufgeregt?«

»Nö«, sagt David. Aber er weiß nicht, wohin mit seinen Händen.

Nele grinst, und David knufft sie in die Seite, als Herr Krill einen suchenden Blick auf den Schreibtisch wirft.

»Ich möchte heute einen Test mit dir machen, Nele, der mir mehr über deine telepathischen Fähigkeiten verraten wird.«

»Wir haben doch neulich schon so einen Test gemacht«, sagt Nele. »Den mit den Karten.«

»Richtig. Und wir werden noch mehrere machen. Eine ganze Reihe von Tests. Wenn wir das nicht tun, sind die Ergebnisse wertlos. Wir müssen jede Möglichkeit eines Zufalls ausschließen.«

Er wendet sich an David. »Weißt du, David, was telepathische Fähigkeiten sind?«

»Das hat was mit Gedankenübertragung zu tun, oder?«

Herr Krill nickt. »Es klingt alles viel dramatischer, als es in Wirklichkeit ist. Am besten, wir halten uns gar nicht erst mit langen Erklärungen auf, sondern fangen gleich an. Du wirst rasch begreifen, um was es geht.«

Er nimmt die blaue Mappe vom Schreibtisch, schlägt sie auf, liest etwas nach und klappt sie wieder zu.

»Betrachtet diesen Test einfach als Spiel. Du und ich, David, wir werden uns in ein anderes Zimmer zurückziehen. Dort gebe ich dir ein Lexikon. Ich möchte, dass du dir beliebige Begriffe aus dem Lexikon heraussuchst und diese dann zeichnest, schön der Reihe nach und in aller Ruhe.«

»Ich kann nicht besonders gut zeichnen.« David knetet seine Finger.

»Das macht nichts. Ich erwarte keine Kunstwerke. Man soll nur erkennen können, was die Zeichnung darstellt.«

»Und was tue ich?«, fragt Nele.

»Du bleibst hier. Jedes Mal wenn David mit einer Zeichnung fertig ist, klopfe ich an die Tür. Dann bist du mit Zeichnen an der Reihe. Versuche, dich auf das zu konzentrieren, was David zeichnet, und zeichne es ebenfalls.«

Nele weicht unwillkürlich zurück.

»Kein Grund zur Aufregung, Nele. Der Kartentest lässt vermuten, dass du telepathisch begabt bist. Dies hier ist nur ein weiterer Schritt.«

Herr Krill hebt ihr Kinn an und sieht ihr in die Augen. »Können wir?«

Nele stößt einen Seufzer aus. »Meinetwegen.«

Herr Krill legt einen Stoß weißes Papier auf den Tisch, gibt Nele einen Tintenroller in die Hand und drückt sie sanft in den Sessel. Dann geht er mit David hinaus und schließt die Tür.

Nele stützt sich mit den Ellbogen auf den Tisch. Sie wickelt eine Haarsträhne um den Zeigefinger und sieht zum Fenster.

Der Himmel ist grau und hängt schwer über den Dächern der Häuser.

Nele kaut auf dem Stift. »Wahnsinn«, flüstert sie. »Das klappt nie im Leben.«

Nach einer Weile klopft es an der Tür.

Nele dreht den Stift unentschlossen zwischen den Fingern.

Was, um alles in der Welt, soll sie zeichnen?

Sie zieht ein Blatt Papier vom Stapel, legt es vor sich hin und starrt es ratlos an.

Wie viele Begriffe mag es in einem Lexikon geben? Zehntausend? Zwanzigtausend? Und welchen Begriff unter all den vielen mag David sich herausgesucht haben?

David. Sie muss sich auf David konzentrieren.

David.

In einem dieser Zimmer nebenan. Wahrscheinlich an einem Tisch wie diesem.

David. Mit glänzenden Augen und erhitztem Gesicht. Eifrig und begeistert. David ist leicht zu begeistern.

Nele lehnt sich zurück und schließt die Augen.

David.

Sie horcht in sich hinein, atmet tief, wird ruhig.

Die Ruhe holt Bilder hervor.

Sand. Wasser. Flirrende, heiße Luft.

Eine Palmengruppe.

Nele setzt sich gerade hin, schiebt das Blatt zurecht. Ihre Hand beginnt, den Stift auf dem Papier zu bewegen, erst langsam, noch zögernd, dann schneller, sicherer.

Das Ergebnis ist ungelenk, ziemlich krakelig, doch Herr Krill wird etwas damit anfangen können. Nele schaut es noch einmal an, nickt, wie um sich selbst zu bestätigen.

»Fertig!«, ruft sie.

Herr Krill kommt herein, nimmt das Blatt an sich, ohne einen Blick darauf zu werfen, und verlässt den Raum so geräuschlos, wie er ihn betreten hat.

Es ist ganz still im Zimmer. Keine Laute vorm Fenster, keine im Haus. Es ist, als wäre Nele allein auf der Welt.

Das Klopfen.

Nele zieht das nächste Blatt zu sich heran, starrt wieder eine Weile darauf, schließt dann die Augen, um auf die Bilder zu warten.

Ein Haus mit spitzem Dach. Dahinter eine hohe, schlanke Pappel. Ein Bach? Ja, ein Bach. Darüber eine kleine, geschwungene Brücke.

Weich gleitet der Stift übers Papier, schneller beinahe, als Neles Hand ihn führen kann.

Nein, denkt sie, als sie die Zeichnung betrachtet, Kunstwerke werden es wirklich nicht.

»Fertig!«

Wieder kommt Herr Krill geräuschlos herein, um das Blatt in Empfang zu nehmen. Wieder schaut er nicht darauf, verlässt er wortlos das Zimmer.

Eine Laterne. Dann Linien, Spuren, dunkel. Eine Autobahn?

Neles Hände führen aus, was sie sieht. Und sie sieht die Bilder in immer rascherer Folge.

Herrn Krill, sein Kommen und Gehen, nimmt sie kaum noch wahr.

Sie hat Durst. Ihre Kehle ist trocken und kratzig. Sie greift sich an den Hals, sammelt Speichel, schluckt. Es liegt an der Luft hier drin. Nie ist das Fenster geöffnet.

Ein Vogel.

Ein Wald.

Ein Boot.

Ein Fenster.

Nele zeichnet die Gardine, tupft Pflanzen auf die Fensterbank. Die Zeichnung gefällt ihr, und sie lächelt Herrn Krill zu, als sie sie ihm übergibt.

Herr Krill erwidert ihr Lächeln zerstreut, lässt sich jedoch zu keinem Wort verführen.

Na gut, denkt Nele, bleiben wir eben stumm.

Die Vorstellung von einer Brille kommt ihr in den Sinn, noch ehe es an der Tür klopft. Herr Krill kann sein Erstaunen über ihr Tempo nicht verbergen.

Ein Christbaum.

Obwohl Nele sich Zeit nimmt für die Kerzen und Kugeln, fällt das *Fertig* beinah mit dem Klopfzeichen zusammen.

Die Bilder stürmen nun förmlich auf Nele ein. Sie zeichnet und zeichnet, achtet nicht auf die Schmerzen in ihrer verkrampften Hand und nicht auf das Schwächegefühl, das ihr den Schweiß ausbrechen lässt.

Herr Krill nimmt ihr das letzte Blatt ab und ruft David herein.

»Schluss für heute«, sagt er. »Wie wäre es mit einem leckeren Stück Kuchen? Wir setzen uns ins Auto und fahren ans Meer. Und dort suchen wir uns ein Café oder eine Teestube. Hättet ihr Lust dazu?«

Nele und David verständigen sich mit einem kurzen Blick, bevor sie beide nicken.

Im Wagen ist es kalt. Die Scheiben beschlagen. Herr Krill kurbelt das Seitenfenster ein Stück herunter und stellt das Gebläse an.

David schüttelt die rechte Hand aus. »So viel hab ich noch nie im Leben gezeichnet.«

»Ja«, sagt Herr Krill. »Ich weiß, dass es anstrengend war.«

»Und?«, fragt David neugierig. »Wie ist es ausgegangen?«

Nele sieht aus dem Fenster. Es hat aufgehört zu regnen, aber noch immer hängt der Himmel grau und tief überm Land.

Herr Krill antwortet David nicht. Er schert aus, um eine Familie zu überholen, die unverdrossen die Straße entlangradelt, die gelben Öljacken vom Wind gebauscht.

»Urlauber«, sagt Nele.

Herr Krill folgt ihrem Blick. »Die Radfahrer?«

»Ja.«

»Woher weißt du, dass es Urlauber sind?«

»Man erkennt sie an der Art, wie sie sich anziehn. An der Art, wie sie sich bewegen. Und überhaupt – die Leute von hier machen keine Familienausflüge mit dem Rad. Schon gar nicht bei solchem Wetter.«

Herr Krill lacht leise auf. »Anscheinend sind die Urlauber bei euch nicht gerade beliebt.«

Nele zuckt mit den Schultern. »Sie kaufen Sachen auf unserm Hof. Mama sagt, wir brauchen sie. Aber Papa ärgert sich ständig, weil sie ihren Abfall überall hinwerfen und ihre Hunde nicht an der Leine halten.«

»Sie sind eine echte Landplage«, mischt David sich hitzig ein. »Nicht mal unsere Badekuhle ist vor ihnen sicher. Sobald die Sonne sich blicken lässt, kommen sie aus ihren Löchern gekrochen mit ihren Luftmatratzen, ihren Kühltaschen, ihren Radios und ihrem stinkenden Sonnenöl und tun so, als hätten sie ganz Ostfriesland gemietet.«

»Manche«, sagt Nele, »machen sich einen Heidenspaß daraus, die Tiere zu erschrecken. Und immer wieder klettern welche über die Zäune, um den Weg abzukürzen. Und dann geraten sie in eine Herde von Jungstieren, die sie für harmlos gehalten haben.«

»Hat es schon Unfälle gegeben?«

»Klar«, sagt Nele. »Stiere sind doch unberechenbar.«

Es fängt wieder an zu regnen. Herr Krill schaltet die Scheibenwischer ein. Knarrend und stotternd fahren sie über die Windschutzscheibe.

»Ein schwermütiges Land«, sagt Herr Krill. »Wenn es sich erst mal eingeregnet hat, hört es gar nicht mehr auf.«

Die meisten Hotels haben den Betrieb im Winter eingestellt. Ihre Fenster sind verhängt. An einer Tür schaukelt ein Schild mit der Aufschrift *Geschlossen* traurig im Wind.

Die einzige geöffnete Teestube ist überfüllt. Verbrauchte Luft schlägt ihnen entgegen. Sie riecht nach Kaffee, Tee, Kuchen, Nässe und Rauch.

Sie hängen ihre Sachen an die Garderobe und warten, bis ein Tisch frei wird. Es ist ein Tisch am Fenster.

Eine Weile sitzen sie schweigend da und schauen hinaus in das trostlose Grau.

»Wie das wohl ist?«, überlegt Nele laut. »Urlaub machen?«

Sie betrachtet die lachenden, schwatzenden Urlauber ringsum. »Wir sind noch nie woanders gewesen. Nur meine Eltern einmal. Das war, als sie geheiratet haben. Da sind sie nach Österreich gefahren. Aber Papa konnte die hohen Berge nicht aushalten und nach ein paar Tagen sind sie wieder abgereist.«

Die Serviererin räumt den Tisch ab, fegt Kuchenkrümel mit der flachen Hand zu Boden und nimmt ihre Bestellung auf, heiße Schokolade für Nele und David, Tee für Herrn Krill und Obsttorte für sie alle.

Herr Krill faltet die Hände auf dem weißen, schmuddeligen Tischtuch. »Und du, David? Fahrt ihr manchmal in die Ferien?«

»Nicht richtig«, sagt David. »Nur zu unsern Verwandten in die Pfalz. Wir mussten von da wegziehn, weil ich Asthma habe.« Er antwortet wie nebenher, ist mit den Gedanken ganz woanders. »Was ist denn jetzt mit den Zeichnungen?«, fragt er schließlich.

Nele fährt mit dem Zeigefinger über das beschlagene Glas des Fensters. Sie kennt die Antwort im Voraus und möchte sie doch nicht hören.

Herr Krill lächelt. »Also gut, David. Ich kann deine Ungeduld verstehen. Nun, dreißig Zeichnungen sind es insgesamt geworden und alle stimmen überein.«

David reißt die Augen auf. »Heißt das … heißt das etwa, dass Nele jedes Mal erraten hat, was ich …«

»Erraten ist nicht das richtige Wort«, verbessert ihn Herr Krill. »Sie hat sozusagen *gesehen,* was du gezeichnet hast.«

Davids Blick wandert zwischen Herrn Krill und Nele hin und her. »Das ist ja … direkt unheimlich«, flüstert er.

Herr Krill schüttelt den Kopf. »Nur ungewöhnlich. Ich bin davon überzeugt, dass jeder Mensch telepathische Fähigkeiten besitzt. Bei den meisten sind sie aber verschüttet und so kann man sie nicht erkennen.«

David sitzt plötzlich kerzengerade. »Hab ich diese Fähigkeit denn auch?«

»Gewiss«, bestätigt Herr Krill. »Nur wohl nicht in dem Maße, wie Nele sie hat.«

David betrachtet Nele mit einer Mischung aus Ehrfurcht und Scheu.

»Hör auf damit«, sagt Nele ärgerlich. »Ich gäb wer weiß was darum, wenn ich dir diese verflixte Fähigkeit abgeben könnte. Das kannst du mir glauben.«

»Und ich«, sagt David, »gäb wer weiß was darum, wenn ich sie hätte. Stell dir vor: Der Klodwig fragt mich was und ich lese ihm die Antwort von der Stirn ab!«

Die Serviererin bringt die Torte und die Getränke. Wie ausgehungert fallen Nele und David darüber her.

Es dämmert bereits, als sie die Teestube verlassen. Sie gehen zum Meer hinunter. Die Flut treibt das Wasser klatschend gegen den Deich. Tang weht grün mit dem Flutsaum. Kreischend segeln die Möwen im Wind und stoßen ab und zu blitzschnell aufs Wasser hinab.

Nele atmet die salzige Luft tief ein. »Ich will nie, nie, nie von hier weg. In meinem ganzen Leben nicht. Ich muss das Meer gar nicht jeden Tag sehn, aber ich muss wissen, dass es in der Nähe ist.«

»Das kann ich gut nachvollziehen«, sagt Herr Krill. »Ich bin weggezogen damals, unmittelbar nach dem Abitur. Jetzt wo ich alt geworden bin, zieht es mich mit aller Macht wieder hierher.«

Er nimmt den Blick nicht vom Wasser. Der Wind reißt ihm das Haar aus der Stirn, schlägt ihm den langen Mantel um die Beine.

David trottet schweigend neben ihnen her. Nachdenklich kaut er an der Unterlippe.

Während der Fahrt hängt jeder seinen eigenen Gedanken nach. Herr Krill bringt zuerst David heim, verspricht ihm, dass er sich die Zeichnungen demnächst einmal ansehen darf. Dann fährt er Nele nach Hause.

Oma lädt ihn zum Essen ein, doch er lehnt ab. Groß, hager und fremd steht er in der Küche, mit einem Mal ungelenk. Vielleicht weil alle ihn anstarren, vor allem Tim, die Augen groß und rund, einen Finger in der Nase.

Beim Hinausgehen beugt Herr Krill sich zu der Katze hinunter, um sie zu streicheln. Sie duckt sich zur Seite, legt die Ohren an, faucht und zerkratzt ihm die Hand.

»Ich hätte es wissen sollen«, sagt Herr Krill entschuldigend und tupft sich das Blut mit seinem Taschentuch ab. »Mit Katzen habe ich mich noch nie verstanden.«

»Wie kommt dieser Mensch dann mit dem Doktor zurecht?«, fragt Oma später. Sie sieht Nele verwundert an. »Und vor allem – wie mit dir?«

18

»Dieser fabelhafte Herr Krill und seine großartigen Tests«, sagt der Vater beim Frühstück erbost. »Was ist denn herausgekommen bei diesen Tests? Nichts.«

Er sieht müde aus. Marthe hat in der Nacht gekalbt. Es hat dabei Schwierigkeiten gegeben und er hat kaum geschlafen. Verdrossen schiebt er den Teller beiseite und zieht die Teetasse näher heran.

»Nele ist sowieso schon erschöpft. Und diese ständigen verrückten Tests machen es nur noch schlimmer.«

»Ich bin auch erschöpft«, sagt Tim. »Immer und jeden Tag Schule. Wahrscheinlich bin ich noch viel erschöpfter als Nele.« Kläglich lässt er die Schultern hängen.

»Armer Tim!« Friedrich schmunzelt. »Keiner liebt ihn.«

Mit einem Satz ist Tim auf den Beinen, wirft sich auf Friedrich und versucht, ihn vom Stuhl zu schubsen.

»Erbarmen!« Friedrich hebt die Hände. »Ich ergebe mich.«

Tim lacht, wird wütend, weil er nicht lachen will, muss noch mehr lachen und klettert Friedrich schließlich besänftigt auf den Schoß.

»Nele braucht Vitamine, Sonne, frische Luft und das geregelte Leben, an das sie gewöhnt ist«, fährt der Vater fort. »Was sie ganz sicher *nicht* braucht, sind noch mehr Tests. Vor allem keine in einem Labor in einer fremden Stadt in Süddeutschland und noch dazu in den Osterferien, die sie bitter nötig hat, um sich zu erholen.«

Die Mutter schenkt ihm Tee nach. »Du hast ja Recht. Mir ist auch nicht wohl bei dem Gedanken.«

»Wie stellt dieser Mann sich das eigentlich vor?«, braust der Vater auf. »Allein kann Nele schlecht fahren. Und gerade jetzt, wo die Arbeit draußen wieder anfängt, brauchen wir hier jede Hand.«

»Ich könnte sie doch begleiten«, sagt Oma. »Ihr lasst mich ja sowieso nichts tun. Und statt hier unnütz herumzusitzen, könnte ich ebenso gut auf Nele aufpassen.«

»Du sitzt nicht unnütz herum«, widerspricht die Mutter. »Du tust eine ganze Menge. Viel mehr, als der Doktor dir erlaubt hat.«

»Der Doktor! Ich hab mein Leben lang hart gearbeitet. Da kann ich doch nicht plötzlich die Hände in den Schoß legen, nur weil der Doktor meint, das wäre das Richtige für mich.«

»Au ja! Ich fahr auch mit.« Tim gleitet von Friedrichs Schoß. »Darf ich? Bitte, Mama!«

»Iss, Tim«, antwortet die Mutter abwesend.

Nele hat das Gespräch kaum verfolgt. Ihr ist schwindlig und der Kopf tut ihr weh. In der Nacht hat sie wieder das Feuer gesehen.

Und im Traum hat sie endlich den Mann am Fenster erkannt.

»Es wird passieren«, sagt sie leise. »Es wird passieren. Bald.«

»Was wird passieren?« Die Mutter ist hellhörig geworden. Sie schaut Nele prüfend an. »Geht's dir nicht gut, Nele?«

»Doch, doch.« Nele neigt den Kopf und horcht. Warum ist die Stimme der Mutter auf einmal so weit weg?

»Na bitte«, sagt der Vater. »*Das* ist dabei herausgekommen. Sie sitzt da, als wär sie gar nicht von dieser Welt.«

»Ich muss mit ihm sprechen!« Nele schiebt den Stuhl so heftig zurück, dass er gegen die Wand stößt. »Ich muss unbedingt mit ihm sprechen. Jetzt gleich.«

»Mit wem denn, um Himmels willen?« Die Mutter legt Nele besorgt die Hand auf die Stirn.

Nele schiebt sie weg. »Mit Herrn Krill. Ich muss ihn anrufen.«

Sie läuft in die Diele, sucht aus dem Telefonbuch die Nummer des Doktors heraus und wählt. Ihr Gesicht ist blass und angespannt.

»Ich bin's, Nele. Kann ich bitte mit Herrn Krill sprechen?« Sie presst den Hörer ans Ohr, lauscht. »So spät erst? Nein, danke. Vielleicht rufe ich dann noch mal an.« Langsam legt sie den Hörer auf die Gabel zurück.

»Nele! Kind! Was ist denn los?« Die Mutter fasst Nele an den Armen und dreht sie zu sich herum. Nele drückt sich an sie und reibt die Stirn an ihrer Schulter.

»Endlich hab ich's gesehn«, flüstert sie. »Und ich weiß nicht, wie ich es verhindern kann. Und ausgerechnet jetzt ist Herr Krill nicht da. Dabei ist er der Einzige, der mir sagen kann, was ich tun soll.«

Die Mutter wiegt Nele in den Armen, als wäre sie wieder klein. »Es war Vollmond heute Nacht. Bestimmt hast du schlecht geschlafen. Bestimmt ist es nur ein böser Traum gewesen. Aber Kind, Träume werden doch nicht Wirklichkeit.«

»Vielleicht hat sie geträumt, dass die Schule abbrennt«, sagt Tim arglos vom Tisch her. »Mannomann, wär das schön.«

Nele fährt zu ihm herum. »Halt den Mund!«, schreit sie ihn an. »Halt doch endlich den Mund!«

Tim zuckt zusammen. »Ist ja schon gut. Ich hab's doch nicht bös gemeint, Nele.« Verwirrt blinzelt er im Licht der Lampe.

Nele zieht Stiefel und Anorak an und schnallt sich den Rucksack um. Die Mutter hält sie fest. »Meinst du nicht, es wäre vernünftiger, wenn du heute nicht in die Schule...«

»Mir geht's gut, Mama«, sagt Nele. »Komm, Tim! Trab an! Ich bin diese Woche schon zweimal deinetwegen zu spät gekommen.«

»Jaahaa!« Tim stöhnt auf. »Hat die eine Laune. Ich mach ja schon so schnell, wie ich kann.«

Unterwegs redet Nele kein Wort. Bedrückt strampelt Tim auf seinem kleinen Rad hinter ihr her.

David kommt erst nach dem vierten Klingeln aus dem Haus. Er schnallt sich den Rucksack um, streift die Handschuhe über und schiebt das Rad auf den Weg.

»Wir haben verpennt«, flucht er. »Der Wecker ...« Er stockt, sieht Nele an, dann Tim.

»Was ist denn mit euch los? Krach gehabt?«

Tim zuckt mit den Schultern und macht eine viel sagende Kopfbewegung in Neles Richtung. Schweigend radeln sie bis zu Tims Schule und trennen sich dort.

»Nun sag schon, was du hast.« David winkt Tim nach und steigt wieder auf sein Rad. »Irgendwann erzählst du es mir ja doch. Warum also nicht gleich?«

Nele wirft ihm einen gehetzten Blick zu. »Das Feuer, von dem ich dir erzählt habe, David, es wird in der Schule ausbrechen. Heute oder morgen oder übermorgen. Bald.«

»Was?« David vollführt einen halsbrecherischen Schlenker. »Bist du sicher?«

Nele nickt. »Ich hab das Feuer so oft gesehn. Auch den Mann. Aber es war nie deutlich genug. Heute Nacht *ist* es deutlich gewesen. Ich hab den Klodwig gesehn. Das Feuer hat was mit *ihm* zu tun.«

»Mit dem Klodwig?« David grinst. »Und um den machst du dir Sorgen?«

»Lass die Witze, David. Verrate mir lieber, was ich tun soll.«

David hört auf zu grinsen. »Sag's ihm.«

»Ach ja? Ich spaziere fröhlich zu ihm hin und sage: Lieber Herr Klodwig, es wird heute oder morgen in der Schule brennen. Ich hab das alles gesehn, weil ich so was nämlich prima kann. Und jetzt will ich Sie warnen.« Nele tippt sich an die Stirn. »Tolle Idee.«

Sie fährt so schnell, dass David Mühe hat, sich auf ihrer Höhe zu halten. Dann wird sie wieder langsamer. »Und wenn ich mich *doch* irre?«

»Du bist also gar nicht sicher?«

Nele schüttelt den Kopf. »Ich hab ein paar Mal Dinge vorhergesehn, die genau so passiert sind. Ich hab aber auch schon Dinge gesehn, die dann doch nicht eingetroffen sind. Woher soll ich wissen, wie es diesmal ist?«

Die Stunden vergehen unerträglich langsam. Nele versucht gar nicht erst, aufzupassen. Es hat ohnehin keinen Sinn.

»Im Chemieraum«, flüstert David. »Es könnte eine Explosion geben.«

»Aber der Chemieraum hat keine Vorhänge«, flüstert Nele zurück. Zu spät bemerkt sie den Pfarrer, der geräuschlos an ihren Tisch getreten ist und nun auf sie beide hinabsieht, die kurzen, dicken Finger auf dem mächtigen Bauch gefaltet.

»Ihr habt euch ja eine Menge zu erzählen«, sagt er mit einer Stimme, die sich noch nicht entschieden hat, ob sie freundlich oder drohend klingen will. »Einerseits habe ich dafür Verständnis, andrerseits bin ich aus demselben Grund hier: Ich habe euch nämlich ebenfalls viel zu erzählen.«

Er stützt sich mit beiden Händen auf den Tisch. »Die Frage ist nun: Wer soll wem zuhören?« Sein Atem kommt in kurzen, pfeifenden Stößen und riecht nach den kleinen Veilchenpastillen, die er immerzu lutscht.

»Wir Ihnen«, schlägt David höflich vor.

Der Pfarrer lächelt. Sein Lächeln gibt schiefe, schadhafte Zähne frei. »Damit«, sagt er und richtet sich ächzend wieder auf, »wäre diese leidige Frage geklärt. Ich danke euch.«

»Dass der aber auch nie wie ein vernünftiger Mensch reden kann«, flüstert David. »Man kommt sich immer vor wie in der Kirche.«

Nele streckt den Bauch vor, presst das Kinn gegen die Brust und runzelt die Stirn. »Die ganze Welt ist eine einzige, große Kirche«, macht sie den Pfarrer leise nach. Sie sieht, wie David mühsam ein Lachen unterdrückt, und versinkt wieder in Gedanken.

In der großen Pause schlüpfen Nele und David unbeobachtet in den Schulgarten und schleichen sich von da aus an die Fenster des Lehrerzimmers heran. Sie stellen sich auf die Zehenspitzen und spähen hinein.

»Da! Vorhänge!« David rüttelt Nele an den Schultern. »Vorhänge, Nele! Sonst gibt's nur welche im Handarbeitsraum, im Musikraum, in der Aula und bei der Hausmeisterin.«

»Ja. Aber in all diesen Räumen hält der Klodwig sich doch so gut wie nie auf.«

»Also das Lehrerzimmer?«

»Möglich«, sagt Nele. »Vielleicht.«

Der winterliche Garten mit seinen kahlen Ästen und Zweigen gibt ihnen kaum Deckung. Geduckt laufen sie zum Tor zurück, verstecken sich hinter einem Wacholderstrauch, passen einen geeigneten Moment ab und mischen sich mit harmloser Miene wieder unter die andern.

Sie schmieden und verwerfen alle möglichen Pläne, bis es läutet und sie in die Klasse zurückgehen müssen.

Herr Klodwig verspätet sich. Unruhig rutscht Nele auf

ihrem Stuhl hin und her. Schließlich springt sie auf. »Ich sag's ihm. Ich muss es einfach tun.«

In den anderen Klassen hat der Unterricht längst begonnen. Neles Herz fängt an zu pochen. Ihre Hände schwitzen. Endlich hört sie die schweren Schritte auf der Treppe.

Nele geht Herrn Klodwig entgegen. »Kann ich kurz mit Ihnen sprechen?« Sie erkennt ihre Stimme kaum wieder, so dünn und zittrig ist sie.

»Hat das nicht Zeit bis nach der Stunde?« Herr Klodwig schaut auf die Uhr, dann, ungeduldig, zur Tür.

»Nein.« Nele presst die Hände gegeneinander.

»Dann beeil dich gefälligst«, sagt Herr Klodwig grob. »Ich bin eben schon aufgehalten worden.«

Nele hebt entschlossen den Kopf und sieht Herrn Klodwig fest an. »Es wird ein Feuer ausbrechen.«

Herr Klodwig runzelt die Stirn. »Wie bitte?«

»Ein Feuer wird ausbrechen«, wiederholt Nele. »Ich weiß nicht genau, wann und wo, aber ich weiß ganz sicher, dass es ein Feuer geben wird. Ich sehe manchmal Dinge, die dann später wirklich passieren, und ich habe *Sie* gesehn, ein Fenster und einen brennenden Vorhang.«

Es ist heraus. Nele ist so erleichtert, dass sie am liebsten singen würde.

»Ich habe schon von deiner besonderen … Fantasie gehört. Aber meinst du nicht, Mädchen, dass du es allmählich übertreibst?«

»Sie sind in Gefahr!« Neles Erleichterung verfliegt. »Sie müssen mir glauben.«

Herr Klodwig schiebt sie beiseite. »Schluss jetzt, Nele. Ich habe zu tun.«

Damit lässt er sie stehen, drückt auf die Klinke und öffnet die Tür. Der Lärm in der Klasse erstirbt augenblicklich.

Nele hält die Augen auf den Boden gerichtet, während sie mit schweren Füßen zu ihrem Platz geht.

»Na?«, fragt David leise.

Nele schüttelt den Kopf. »Er hat mir nicht geglaubt.«

19

»Gartenstraße.« Nele steigt vom Rad. »Hier ist es.« Auch David steigt ab. Das Straßenschild ist alt und verbeult und mit Taubendreck bekleckert.

Nele öffnet ihre Jacke. Trotz der Kälte ist sie nass geschwitzt. Sie sind über zehn Kilometer gefahren, meistens gegen den Wind.

»Ich hab das Gefühl, als würden wir was Verbotenes tun«, sagt sie und sieht sich verstohlen um.

Eine Frau lehnt sich aus einem der Fenster und schüttelt eine Decke aus. Eine andere Frau hebt Einkäufe aus dem Kofferraum eines Wagens und trägt sie zum Nachbarhaus.

»Quatsch! Wir brechen ja nicht ein. Wir gucken uns bloß Klodwigs Haus an. Das ist doch nicht verboten.«

Unschlüssig bleibt Nele stehen. Die eine Frau zieht sich zurück und schließt das Fenster. Die andere läuft weiter zwischen Wagen und Haus hin und her, ohne sich um Nele und David zu kümmern.

»Na? Was ist? Jetzt sind wir extra hierher gefahren und kurz vorm Ziel machst du schlapp. Willst du nun wissen, ob du richtig vorhergesehen hast, oder nicht?«

»Schon«, sagt Nele, »nur …«

»Dann hör auf, die Leute verrückt zu machen«, unterbricht David sie, »und komm mit.«

Nele denkt an den Morgen zurück. Frau Tönnhoff war mit ernstem Gesicht zu ihnen in die Klasse gekommen und hatte ihnen von dem Unglück erzählt, das am Tag zuvor geschehen war.

»Ein Feuer ist im Haus von Herrn Klodwig ausgebrochen«, sagte sie. »Eine Nachbarin hat gerade noch rechtzeitig die Feuerwehr alarmieren können. Herr Klodwig ist mit einer Rauchvergiftung und schweren Verbrennungen ins Krankenhaus eingeliefert worden.«

Der Schock war Nele in die Glieder gefahren. An alles hatte sie gedacht, bloß nicht daran, dass es woanders passieren könnte als in der Schule.

»Aber ich hab doch Kinderstimmen gehört«, sagt sie jetzt wieder. »Das kann doch nur auf dem Schulhof gewesen sein.«

»Deshalb wollen wir uns das Haus ja angucken. Also, kommst du jetzt endlich?«

Sie gehen die Straße entlang und studieren die Hausnummern.

»Fünf«, liest Nele laut, »sieben, neun. Da ist es. Nummer elf.«

Ein altes graues Haus mit hohen Fenstern und knorrigen Bäumen davor. Ein schadhafter Zaun mit einem morschen Törchen, das schief in den Angeln hängt.

Die Scheiben der Fenster im Erdgeschoss sind zerbrochen. Bis zum Dach ziehen sich schwarze Brandspuren über das Mauerwerk. Es riecht immer noch nach Rauch.

»Die Fenster stimmen«, sagt Nele, »aber sonst?« Zweifelnd lässt sie den Blick über das Haus gleiten.

Sie lehnen die Räder an den Zaun und David schiebt das quietschende Törchen auf.

Neles Füße verweigern ihr beinah den Dienst. Sie mag das Haus nicht. Sie mag auch den Vorgarten nicht.

Alles ist dunkel, kalt, wie tot.

»Mensch, Nele! Was ist denn heute mit dir los?« David atmet schwer. Aufregungen verschlimmern sein Asthma.

Zögernd folgt Nele ihm, als er langsam auf das Haus zugeht. Mit einem Mal bleibt sie stehen und hebt die Hand. »David! Hörst du das?«

David bleibt ebenfalls stehen, lauscht.

»Kinderstimmen«, sagt Nele verwundert. »Sie kommen von dahinten.« Sie schiebt David beiseite, drängt sich an ihm vorbei, durchquert mit raschen Schritten den Vorgarten und läuft ums Haus herum.

Vom Garten aus sieht sie einen Spielplatz durch das kahle Geäst der Sträucher und Bäume schimmern. Die Stimmen sind lauter geworden. Nele erkennt die bunten Mützen und Jacken der Kinder, die umherlaufen, auf den Gerüsten klettern und im Sandkasten spielen.

Hinter ihr stößt David einen Pfiff aus. »Du hast Recht gehabt. Teufel auch! Du hast wirklich Recht gehabt. Alles hast du richtig gesehn. Wir haben die Bilder nur nicht verstanden.«

»Jetzt ist es sowieso egal. Der Klodwig hat mir nicht geglaubt.« Nele wendet sich nach dem Haus um. Auch hier sind die Fensterscheiben im Erdgeschoss zerborsten, reichen die Brandspuren bis ans Dach.

»Ich hab Schreie gehört«, sagt sie leise. »Furchtbare Schreie.«

David nickt. »Wahrscheinlich haben die Kinder auf dem Spielplatz das Feuer entdeckt. Sie haben Angst gekriegt und geschrien. Es stimmt alles, Nele. Sicher haben die Fenster auch Vorhänge.«

»Jetzt nicht mehr. Jetzt sind sie verbrannt.« Nele sucht Halt an einem Baumstamm. Die Knie werden ihr weich.

Sofort ist David neben ihr. »Ist doch alles vorbei. Du wirst die Bilder nie wieder sehen.«

Nele versucht nicht, die Tränen zurückzuhalten. »Die vom Feuer nicht. Aber andere. Sie werden wiederkommen, David, immer und immer wieder.« Sie zieht ihr Taschentuch hervor und schnäuzt sich kräftig. »Und wenn ich das, was ich sehe, verhindern will, dann glaubt mir keiner.« Sie schnäuzt sich noch einmal und steckt das Taschentuch weg. »Komm, David. Nichts wie weg!«

Am Zaun drehen sie sich noch einmal um. »Das Haus sieht nicht freundlich aus«, sagt Nele.

David macht sich an seinem Rad zu schaffen. »Der Klodwig ist ja auch kein freundlicher Mensch.«

»Weißt du, ob er Kinder hat?« Nele betrachtet die Fenster im ersten Stock, deren Scheiben unversehrt sind. Nichts an ihnen deutet auf Kinder hin, kein Teddybär, keine Puppe, kein Klebebild, keine Pflanze.

»Er ist nicht verheiratet«, sagt David. »Ich weiß das von meinem Vater. Der hat das von irgendwem gehört.«

Nele reibt sich fröstelnd die Arme. »Dieser Geruch ist schrecklich, findest du nicht?«

»Alles hier ist schrecklich.« David schwingt sich auf sein Rad.

Und dann fahren sie los, so schnell sie können.

Zu Hause wartet Herr Krill auf Nele. Oma hat ihn in die Stube geführt und mit Tee und Kuchen bewirtet.

Herr Krill erhebt sich, als Nele atemlos die Stube betritt. »Ich habe es schon von deiner Großmutter erfahren, Nele. Es tut mir so Leid, dass ich dir nicht helfen konnte.«

Großmutter, denkt Nele, ein wunderschönes Wort. Dabei ist Oma so klein, dass sie gar nicht hineinpasst.

»Wenn er nun gestorben wäre«, sagt sie.

Oma zieht sie zu sich aufs Sofa. »Er ist nicht gestorben, Kleines.«

»Aber er hätte sterben *können.*«

»Belaste dich nicht mit solchen Gedanken.« Herr Krill setzt sich wieder in den Sessel und schlägt die Beine übereinander. »Das führt zu nichts. Außerdem scheint mir die Übereinstimmung deiner Bilder mit dem Feuer im Haus dieses Herrn Klodwig doch eher zufällig gewesen zu sein.«

»Nein.« Nele schüttelt den Kopf. »Alles, was ich gesehen habe, ist eingetroffen.«

»Aber der Ort war ein anderer. Du hast die Schule gesehen.«

»Ich habe mich von den Kinderstimmen in die Irre führen lassen. Hinter dem Haus liegt ein Spielplatz. David und ich sind da gewesen.«

Herr Krill reibt sich das Kinn. Seine Augen werden schmal und wach.

Neuer Stoff für seine Aufzeichnungen, denkt Nele. Wahrscheinlich würde er vor Wut am liebsten in die Tischkante beißen, weil er seinen Kassettenrecorder nicht bei sich hat.

»Tatsächlich«, murmelt er. »Tatsächlich.«

Oma drückt Nele zärtlich an sich. Eine Weile spricht niemand ein Wort.

»Übrigens«, sagt Herr Krill dann, »muss ich nächste Woche abreisen. Bis dahin möchte ich gern wissen, ob du die Labortests machen wirst.« Er wendet sich an Oma. »Es wäre wirklich eine ausgezeichnete Lösung, wenn Sie Nele begleiten könnten. Ich würde Ihnen ganz in der Nähe ein Zimmer in einer hübschen, kleinen Pension besorgen. Leider gibt es keine Möglichkeit, Sie im Institut selbst unterzubringen.«

Oma nickt. »Ich werde mit meiner Familie sprechen und Ihnen dann Bescheid geben.«

Herr Krill verabschiedet sich. Er steht genau vorm Fenster. Für einen Augenblick nimmt er der Stube alles Licht. Sein gewaltiger Schatten reicht bis zur Tür.

20

Oma ist damit beschäftigt, die Koffer zu packen. Nele hat die Sachen herausgesucht, die sie mitnehmen möchte, und trägt sie in das Schlafzimmer der Großeltern.

Auf dem Bett ausgebreitet liegen Omas beste Kleider.

Oma hat Neles Blick darauf bemerkt. »Immerhin«, sagt sie, »fahren wir in eine große Stadt. Da muss uns ja nicht jeder gleich ansehen, dass wir vom Land kommen, oder?«

Sie nimmt Nele die Sachen ab, legt sie auf den Sessel und sieht sie durch. »Gut. Ich denke, das wird reichen. Es ist ja nicht für lange.«

Geschickt faltet sie die einzelnen Kleidungsstücke zusammen und gibt sie in den kleineren der beiden Koffer.

In der Küche bereitet die Mutter ein Abschiedsessen für den Abend vor. Bratenduft zieht durch das Haus, schickt schwache Spuren bis in die Wohnung der Großeltern hinauf.

Tim läuft zwischen Küche und Großelternschlafzimmer hin und her, immer noch beleidigt, weil er zu Hause bleiben muss.

»Bringt ihr mir was mit?«

»Natürlich bringen wir dir was mit.« Oma drückt ihm einen Kuss auf die Stirn. »Was wünschst du dir denn?«

Klein und dünn, mit zerrissener Hose, schmutzigem Gesicht und wirrem Haar lehnt Tim am Türrahmen. »Weiß nicht. Irgendwas ganz Besonderes.«

Oma schmunzelt. »Na, dann werde ich ja alle Hände voll zu tun haben, um etwas ganz Besonderes für dich aufzutreiben.«

»Ich bin noch nie mit dem Zug gefahren«, sagt Tim mit einem vorwurfsvollen Seitenblick auf Nele.

»Und deswegen bist du so traurig?« Oma schiebt die Kleider beiseite und setzt sich auf das Bett. Sie streckt die Arme nach Tim aus. Mit gesenktem Kopf trottet er auf sie zu. Er kämpft mit den Tränen.

Oma hebt ihn auf den Schoß. »Wie sollen Papa und Opa denn die ganze Arbeit schaffen, wenn du nicht hier bist, um ihnen zu helfen? Hast du dir das schon mal überlegt?«

Tim schüttelt den Kopf.

»Wer soll die Schweine füttern, die Hühner und die Kaninchen? Und wer versorgt die Kälber?«

Tims Miene hellt sich auf. »Meinst du, ich bin nicht mehr zu klein dafür? Meinst du, die lassen mich das tun?«

»Aber selbstverständlich lassen sie dich das tun. Einer muss sich doch darum kümmern.«

Tim schlingt die Arme um Omas Hals. Dann springt er von ihrem Schoß. »Papa und Opa werden Augen machen. Ich kann das nämlich bestimmt genauso gut wie Nele.«

»Davon bin ich überzeugt.« Oma steht auf und glättet die Bettdecke. »Und jetzt musst du mir unbedingt beim Packen helfen, damit ich nur ja nichts vergesse.«

Tim nickt eifrig. Mit wichtiger Miene krempelt er sich die Ärmel auf.

Nele lässt die beiden allein. Sie ist mit David verabredet. Es ist ihr letzter gemeinsamer Nachmittag.

Weiße Wolkengebirge gleiten über den blauen Himmel. Sie schieben sich vor die Sonne und geben sie wieder frei. Geblendet schließt Nele die Augen und horcht auf den Gesang der Vögel. Sie lockert den Schal und beschleunigt ihre Schritte.

»Ausgerechnet in den Ferien!« David hat das in den vergangenen Tagen wohl hundertmal gesagt. »Aber wenigstens bist du Ostern wieder zurück.«

Auf dem Tisch in seinem Zimmer steht eine große Schale aus

Ton, mit frühen Tulpen, Narzissen und Hyazinthen bepflanzt. Nele beugt sich vor und schnuppert daran. Es duftet nach Erde, nach Wärme und nach etwas, für das Nele keinen Namen weiß.

»Eigentlich«, sagt sie, »müsste ich mich wie wahnsinnig freuen. Der Frühling kommt. Ich verreise zum ersten Mal. Aber ich freu mich nicht.«

»Kein Wunder«, sagt David, »nach dem Erlebnis gestern.«

Sie hatten Herrn Klodwig am Tag zuvor im Krankenhaus besucht. David als Klassensprecher hatte ihm im Namen der Klasse einen Blumenstrauß überbracht, und Nele hatte ihn begleitet, weil er nicht allein gehen mochte.

Herr Klodwig beantwortete ihr Klopfen mit einem lauten, festen »Herein!«.

Er saß aufrecht im Bett. Das Kopfteil des Betts war hochgestellt und ein Kissen stützte zusätzlich seinen Rücken ab. Er hielt ein Buch in den Händen, das er langsam sinken ließ, als sie eintraten.

Auf seinem Gesicht lag ein erwartungsvoller Ausdruck, der sich in Bestürzung verwandelte, als sein Blick auf Nele fiel.

David sagte den Spruch auf, den er sich zurechtgelegt hatte, und drückte Herrn Klodwig ungeschickt die Blumen in die Hand.

»Das ist aber nett«, sagte Herr Klodwig mit einer Stimme, die plötzlich viel von ihrer Festigkeit verloren hatte. Er klingelte nach der Schwester, gab ihr den Blumenstrauß und bat sie, ihn in eine Vase zu stellen. Dann deutete er auf die Stühle beim Tisch an der Wand. Doch Nele und David blieben lieber stehen.

Herr Klodwig trug einen Verband um den Kopf. Auf seiner linken Wange klebte ein großes Pflaster. Der linke Arm war bis zu den Fingerspitzen hinunter verbunden.

»Tja«, sagte er.

Nele und David standen reglos da und blickten auf ihn hinab. Herr Klodwig schob das Buch auf der Bettdecke hin und her, räusperte sich und befeuchtete sich die Lippen mit der Zunge.

»Tja«, sagte er wieder und hob den Kopf. Er vermied es, Nele ins Gesicht zu sehen, schaute stattdessen unverwandt David an, dem vor Verlegenheit das Blut in die Wangen stieg.

»Es tut mir so Leid«, sagte Nele. »Ich habe mich geirrt. Ich dachte, das Feuer würde in der Schule ...«

»Schon gut.« Mit einer hastigen Handbewegung schnitt Herr Klodwig ihr das Wort ab. Ihre Blicke begegneten einander, jedoch nur kurz, dann zuckte es in seinem Gesicht und er wandte die Augen ab.

»Hoffentlich sind Sie bald wieder gesund«, sagte David steif.

»Wünscht ihr euch das wirklich?« Herr Klodwig lächelte flüchtig sein kaltes Lächeln. Seine Finger strichen die Bettdecke glatt.

Nele nickte. Es war nicht gelogen. Ein barscher, einschüchternder Herr Klodwig war ihr lieber als dieser verschreckte, unsichere Mann im Bett.

Es gab nicht viel zu sagen zwischen ihnen. Herr Klodwig stellte ein paar halbherzige Fragen nach der Schule und David beantwortete sie lahm.

Nele stand still dabei.

Dann und wann wischte Herr Klodwig sich den Schweiß von der Stirn. Dabei war es gar nicht heiß im Zimmer, nicht einmal besonders warm.

Nele und David verabschiedeten sich bald. Herr Klodwig ergriff Neles Hand mit spitzen, kühlen Fingern und ließ sie gleich wieder los, als sei ihm die Berührung unerträglich.

Zum zweiten Mal zwang er sich dazu, ihr in die Augen zu

sehen. Seine Lippen öffneten sich, als wolle er etwas sagen. Dann schlossen sie sich wieder und er sagte es nicht.

Eilig verließen Nele und David das Krankenhaus mit seinen glatten, spiegelnden Böden und den gedämpften Geräuschen.

Draußen fingen sie an zu rennen. Erst im Park blieben sie keuchend stehen.

David bekam einen Hustenanfall. »Dieses blöde Asthma«, stieß er hervor und schnappte nach Luft.

»Er hatte Angst vor mir«, sagte Nele verwundert.

»Und wie!« Davids Stimme war vom Husten rau. »Er hat dich nicht mal richtig angucken können.«

»Wahrscheinlich mag er uns jetzt noch weniger«, sagte Nele. »Wenn er erst wieder gesund ist, schämt er sich vielleicht, weil wir seine Angst gesehen haben.«

»Wenn's zu arg wird, dann musst du ihn eben doch verhexen.«

Nele blieb abrupt stehen und funkelte David wütend an.

»Wie meinst du das?«

David unterdrückte einen neuen Hustenanfall. »Sollte ein Witz sein.«

»Mach nie wieder Witze darüber«, sagte Nele. »Nie wieder, hörst du?«

David griff nach ihrem Arm. »Sei doch nicht so empfindlich. Ich hab's wirklich nicht böse gemeint.«

»Dann ist es ja gut.« Nele schüttelte seine Hand ab. Sie war immer noch ärgerlich.

Den Heimweg legten sie schweigend zurück.

Nele schreckt aus ihren Gedanken auf. »Was hast du gesagt?«

»Kein Wunder nach dem Erlebnis gestern«, wiederholt David. »In mir ist alles wieder hochgekommen, seine ganze miese Art und wie er uns behandelt hat, dich und mich. Ich glaub einfach nicht, dass so einer sich ändern kann. Dabei müsste er dir eigentlich dankbar sein.«

Nele schüttelt heftig den Kopf. »Versteh das doch, David. Ich werde den Leuten immer unheimlicher. Fast bin ich mir ja selber schon unheimlich. Deshalb mag ich's auch nicht, wenn du solche Witze machst wie im Park. Ich hab Angst davor, dass du mir irgendwann auch mal so komisch ausweichst wie der Klodwig gestern. Das wär schlimmer als alles andere.«

»Jetzt fang aber nicht an zu spinnen.« David lacht. Die Sonne schüttet Licht auf sein Haar. Zögernd stimmt Nele in sein Lachen ein.

Den Rest des Nachmittags verbringen sie am Klavier. Die kleine Melodie, die Nele beim letzten Mal gelernt hat, ist einfach und verlangt nicht viel Geschicklichkeit. Trotzdem treffen Neles Finger immer wieder die falschen Tasten.

»Mach dir nichts draus«, sagt David. »Du bist ja bald wieder zurück. Dann haben wir noch die halben Ferien vor uns und können üben, sooft du willst.«

Für diesen Abend hat die Mutter David zum Essen eingeladen. Alle sind ungewöhnlich gesprächig, als fürchteten sie sich davor, dass ein Schweigen entstehen könnte.

Nur Opa macht so wenig Worte wie immer. Jedes Mal wenn Nele ihn anschaut, begegnet sie seinem nachdenklichen Blick.

Nach dem Essen holt er die Tuba aus der Stube. David beugt sich vor und stützt das Kinn in die Hand. Er ist augenblicklich gefangen von den schlichten, traurigen Melodien und achtet auf nichts anderes mehr.

Mit seinem Spiel holt Opa Nele, die mit den Gedanken schon auf der Reise war, wieder in die Küche zurück. Sie kuschelt sich an Friedrich und schließt die Augen.

Friedrich sitzt ganz ruhig, um sie nicht zu stören.

21

Weiden gleiten vorbei, Felder und kleine dunkle Seen, von kahlem Gehölz umstanden. Stille, oft armselige Gehöfte, einsam in die karge Landschaft gesetzt. Dürre Kiefernwäldchen, schief vom Wind. An den Bahnschranken stehen Frauen mit flatternden Kopftüchern und winkende Kinder.

Oma sitzt Nele gegenüber. Sie ist eingenickt und schläft mit leicht geöffnetem Mund.

Auch Nele spürt das Einschläfernde der gleichförmigen, ruckelnden Bewegungen. Aber sie will nicht schlafen, nicht jetzt, nicht auf ihrer ersten Reise.

Auf dem Sitz neben ihr steht die Tasche mit der Reiseverpflegung. Eine Thermoskanne mit Tee für Oma, Saft für Nele, ein Rosinenkuchen, den die Mutter gestern noch gebacken hat, belegte Brote, Obst, ein paar Süßigkeiten. Über all dem thront Max, Tims abgegriffener und abgelutschter Schlafhase, den er Nele unbedingt mitgeben wollte.

»Damit du dich nicht so allein fühlst«, hatte er gesagt.

»Und du?«, hatte Nele ihn gefragt. »Wie willst du denn zurechtkommen ohne Max?«

Tim hatte sich gereckt, bis er einen ganzen Kopf größer schien. »Die eine Woche schaff ich das schon.«

»Sicher?«

Tim hatte genickt. »Und Max«, hatte er gesagt, »der wird das auch schaffen irgendwie.«

Unmerklich verändert sich das Bild. Die Häuser sind nicht mehr rot verklinkert. Sie sind weiß oder farbig verputzt. Und sie ducken sich nicht unterm Wind, sondern stehen aufrecht und selbstbewusst in Gärten.

Der Zug fährt durch welliges, hügeliges Land. Dörfer

schmiegen sich in die Täler und an die Hänge. Dann kommen die ersten Städte mit ihren dampfenden Kraftwerken und Fabrikschornsteinen, die weißen Rauch ausspeien.

Omas Kopf kippt zur Seite. Sie schläft weiter und fängt an zu schnarchen.

Wie müde sie sein muss. Ein Lächeln huscht über Neles Gesicht. Wahrscheinlich wird sie es sein, die auf Oma aufpassen muss, nicht umgekehrt.

Die Stunden vergehen langsam, dann wieder schnell. Oma und Nele werden hungrig und essen von ihren Vorräten. Sie vertreten sich die Beine auf dem schmalen Gang, stellen sich an den Bahnhöfen ans Fenster und beobachten das eifrige Hin und Her der Menschen auf den Bahnsteigen.

Leute betreten das Abteil, richten sich für eine Weile darin ein und verlassen es wieder. Gespräche flackern auf und ersterben nach ein paar Stationen.

Nadelwälder, Laubwälder und Mischwälder wechseln in rascher Folge. Und je weiter der Zug nach Süden kommt, desto kräftiger wird der grüne Schimmer auf den Bäumen und Sträuchern.

Nele schaut und schaut. Dann werden ihr die Augen schwer und gegen ihren Willen schläft sie schließlich doch ein.

Als Oma sie an der Schulter rüttelt, ist es draußen bereits dunkel, und im Abteil brennt ein schwaches Licht.

Noch eine halbe Stunde.

Nele hilft Oma dabei, die Koffer vom Gepäcknetz zu heben und in den Gang hinauszuschaffen. Mit zwanzig Minuten Verspätung läuft der Zug im Bahnhof ein.

Das Bahnsteiglicht ist weiß und kalt. Sie stellen das Gepäck ab und sehen sich suchend um.

Nele erkennt die hagere, hoch aufgerichtete Gestalt, die sich ihnen mit langen Schritten nähert, schon von weitem.

»Herzlich willkommen!« Herr Krill nimmt die Koffer. »Am besten, wir fahren gleich in die Pension. Wenn Sie mögen, gehen wir anschließend etwas essen. Aber wahrscheinlich möchten Sie sich zunächst mal ein wenig frisch machen, nicht wahr?«

Oma nickt. Sie hält Nele am Ärmel fest, als fürchte sie, Nele könne sonst im Gedränge verloren gehen. »Du meine Güte«, sagt sie. »Ist das ein Betrieb.«

Leute hasten vorbei, mit Koffern, Taschen und Tüten bepackt. Eine näselnde Lautsprecherstimme sagt die nächsten Zugverbindungen an. Der Geruch von Bratwurst und Pizza vermischt sich mit dem Geruch nach Rauch und Schweiß. Nele sieht sich mit weit geöffneten Augen um.

»Die Pension liegt am Stadtrand«, sagt Herr Krill im Wagen, »ganz in der Nähe des Instituts.« Er startet den Motor und Sekunden später sind sie Teil des hektischen, brausenden Verkehrs.

Die Stadt ist überschüttet von Licht. Hohe Laternen beleuchten die breiten Straßen. Reklame zuckt und blinkt an den Häuserfassaden. Ein Polizeiwagen mit blauem Signallicht und schriller Sirene rast an ihnen vorbei.

»All das Licht«, sagt Oma und schüttelt den Kopf. »Welche Verschwendung.«

Dann haben sie das Zentrum verlassen und fahren gemächlich durch Vororte. Wie gebannt schaut Nele hinaus.

Im Schein der Laternen leuchtet es rosa und gelb von den Blüten der Blutpflaumen und Forsythien. Die fleischigen Knospen der Magnolien sind schon halb aufgebrochen. An beinah allen Bäumen zeigen sich erste, zarte Ansätze der Blätter.

Die Pension ist ein mittelgroßes Haus mit Erker, Stuck um die Fenster und die Tür und einem komischen Zwiebeltürmchen auf dem Dach. Der Vorgarten ist übersät mit Primeln, Narzissen und Büscheln von Krokussen.

Nele öffnet ihren Anorak. Erst jetzt bemerkt sie, wie warm es hier schon ist.

Eine rundliche Frau mit kurzem grauem Haar und Grübchen in den Wangen begrüßt Oma und Nele und führt sie zu ihrem Zimmer. Es ist ein hübscher Raum mit einem breiten Fenster zwischen den beiden frisch bezogenen Betten.

»Ich hoffe, Sie werden sich hier wohl fühlen«, sagt die Frau, die sich als Frau Wirtz vorgestellt hat. »Wenn Sie einen Wunsch haben, sagen Sie mir bitte Bescheid. Sie finden mich jederzeit in meiner Wohnung im Erdgeschoss.«

Als Frau Wirtz die Tür hinter sich geschlossen hat, lässt Oma sich auf eines der Betten sinken. »Was meinst du, wie ich heute Nacht schlafen werde«, sagt sie. »Wie ein Murmeltier.«

Während Oma sich umzieht, streift Nele im Zimmer umher, besieht sich die geblümte Tapete, die flauschigen Sessel, den niedrigen, glänzenden Tisch, den kleinen Strauß Seidenblumen darauf, die Bilder an den Wänden.

Sie stellt sich ans Fenster und schiebt die Gardine zur Seite.

Durch ausladende Baumkronen hindurch schimmern die erleuchteten Fenster der Häuser gegenüber.

Nele ist erschöpft, doch sie ist kein bisschen müde, eher überwach. Und sie ist hungrig.

Auf dem Weg zum Lokal kommen sie an einer Telefonzelle vorbei und Oma ruft zu Hause an. Nach einer Weile winkt sie Nele zu sich heran und gibt den Hörer an sie weiter.

Beim Klang der weit entfernten Stimme der Mutter verspürt Nele einen kurzen Stich. Dann ist die letzte Münze gefallen und das Gespräch bricht ab. Nele hängt den Hörer ein. Sie hakt sich bei Oma unter und schluckt einen Anflug von Heimweh hinunter.

Herr Krill führt sie in ein kleines, fast leeres Lokal. Und plötzlich ist die Müdigkeit da. Nele kann kaum etwas essen. Eine Zeit lang folgt sie der Unterhaltung zwischen Herrn Krill und Oma, dann schweifen ihre Gedanken ab.

Vor der Theke liegt schlafend ein dicker schwarzer Hund. Der Wirt redet eifrig und mit weit ausholenden Gesten auf einen schmächtigen Mann ein, der an der Theke lehnt und ein Glas Bier trinkt. Aus der Küche hört man das Klappern von Töpfen und Pfannen, übertönt von den Stimmen eines Mannes und einer Frau, die sich lautstark streiten. In der Mitte des Lokals sitzt eine Familie mit zwei Kindern, die ungefähr in Neles Alter sind. Sie essen schweigend, horchen immer wieder unbehaglich zur Küche hin.

Mit einem Mal hat Nele das Gefühl, dies alles schon einmal gesehen zu haben. Die kupfernen Töpfe, Pfannen und Vasen auf der alten Konsole. Das Aquarium in der Mitte des Raums. Die mageren Pflanzen auf den Fensterbänken. Das dunkle Holz, mit dem die Decke vertäfelt ist. Die Butzenscheiben. Doch sie ist zu müde, um sich darüber zu wundern.

Nach dem Essen bringt Herr Krill sie zur Pension zurück.

Nele zieht sich aus, putzt sich die Zähne, wäscht sich flüchtig und lässt sich aufs Bett fallen. Sie hat die Bettdecke kaum ans Kinn gezogen, da ist sie schon eingeschlafen.

Sie träumt einen wirren Traum von Fischen, die in einem vertäfelten Aquarium schwimmen, von Pflanzen, die durch Butzenscheiben wachsen, und von einem Mann, der wie ein Hund vor einer Theke liegt und schläft.

Noch während sie träumt, ist Nele die Merkwürdigkeit dieses Traums bewusst.

22

Das Haus, in dem das Institut untergebracht ist, befindet sich am Ende einer kleinen Straße mit wenigen verwahrlosten Häusern. Es ist alt und grau. Risse ziehen sich über das Gemäuer. Verputz ist in Fladen abgebröckelt. Aber es sind neue Fenster eingesetzt worden und auch das schwarze Dach ist neu.

»Es war ziemlich heruntergekommen, als wir es gekauft haben«, erzählt Herr Krill. »Vor allem das Dach war in einem erbärmlichen Zustand, halb eingesunken. Letztes Jahr haben wir es decken lassen. Im Sommer werden die Mauern frisch verputzt und dann wird man das Haus kaum wiedererkennen.«

Oma sieht blinzelnd zu dem in der Sonne glänzenden Dach hinauf und nickt.

»Innen«, sagt Herr Krill, »sind die Renovierungsarbeiten längst abgeschlossen. Vieles ist verändert und umgebaut worden, so wie es unseren Zwecken entspricht.«

Nele hat das Gefühl, auch dieses Haus schon einmal gesehen zu haben. Die Anordnung der Fenster ist ihr seltsam vertraut, die sanft geschwungene Form des Dachs, das hohe, wild wuchernde Strauchwerk ringsum.

»Ja«, sagt Oma. »Dann werde ich mal losziehen und ein bisschen die Gegend erkunden. Wie lange werden Sie ungefähr brauchen?«

»Abend wird's schon werden.« Herr Krill schaut auf seine Uhr. »Wir haben uns eine Menge Arbeit vorgenommen. Es ist nicht nötig, dass Sie Nele abholen. Ich bringe sie in die Pension zurück, sobald wir fertig sind. Wohlbehalten«, fügt Herr Krill nach einem Blick auf Neles angespannte Miene hinzu und legt ihr die Hand auf die Schulter. Nele zuckt unter der Berührung zusammen.

Oma gibt ihr einen aufmunternden Klaps und geht dann langsam die gepflasterte Straße hinunter.

Herr Krill führt Nele durchs Haus. Die Zimmer sind mit hellen, schlichten Möbeln eingerichtet. An den weißen Wänden hängen moderne Bilder. Die Böden sind gefliest und mit leichten Teppichen bedeckt. Alles wirkt neu und unverbraucht.

Schreibmaschinen stehen auf den Tischen, Telefone, Computer und allerlei Geräte. Durch die unverhängten Fenster fällt das Sonnenlicht und wirft freundliche Muster auf Boden und Wände.

Nele versucht, jede Einzelheit in sich aufzunehmen und mit den Bildern zu vergleichen, die sie von diesen Räumen schon dunkel im Kopf hatte. Es ist ein schönes Haus, eines, in dem sie gern leben würde.

Neben ihr zeigt Herr Krill hierhin und dorthin. Er sagt Worte, die Nele nicht kennt.

Elektronische Abschirmung. Zufallsgenerator. Kurvenschreiber. Sonde.

Er spricht sie so selbstverständlich aus wie Oma die Namen ihrer Pflanzen. Seine Augen verraten denselben Stolz, den Omas Augen verraten, wenn sie jemanden durch ihren Garten führt.

In einem der Zimmer sitzen zwei Männer und eine Frau an einem Esstisch und trinken Kaffee. Sie unterbrechen ihr Gespräch und sehen Nele erwartungsvoll entgegen.

»Das ist also Nele.« Der ältere Mann ist aufgestanden, um Nele zu begrüßen. Er hat silbergraues Haar und einen gestutzten mehrfarbigen Bart. »Wir haben schon viel von dir gehört. Schön, dass du bei uns bist.«

Der jüngere Mann trägt eine Brille mit sehr starken Gläsern, hinter denen seine Augen winzig sind, wie geschrumpft. Sein Haar ist schütter und von einem gelblichen Blond. In fettigen Strähnen hängt es ihm bis auf die Schultern. Er bewegt sich ein bisschen linkisch. Seine Hände sind schwammig und weiß, wie bei einem Menschen, der sich selten im Freien aufhält.

Die Frau gefällt Nele sofort. Sie ist nicht viel größer als sie selbst. Ihr kurz geschnittenes Haar ist dunkelrot und gelockt. Sie ist mit Jeans, Turnschuhen und einem Pullover bekleidet, der ihr beinahe bis zu den Knien reicht. Ihr Gesicht ist jung und hübsch und voller Sommersprossen. Ihre hellen Augen sind lebhaft und neugierig.

Herr Krill nennt Nele die Namen. Der ältere Mann heißt Dorsch. »Wie der Fisch«, sagt Herr Dorsch und lacht. Der jüngere heißt Glaser. Der Name der Frau ist Boden.

»Ich glaube«, sagt Nele mit einem verlegenen Lächeln, »ich hab heute Nacht schon von Ihnen allen geträumt.«

Sie ruft sich den Traum ins Gedächtnis zurück. Der Name Dorsch passt zu den Fischen, Glaser zu den Butzenscheiben. Und Boden? Der Mann, der wie ein Hund vor der Theke auf dem Boden lag?

»Tatsächlich?« Frau Boden erwidert Neles Lächeln. »Das ist aber sonderbar.«

Herr Krill hat bei Neles Bemerkung aufgehorcht. Ohne große Erklärungen lässt er die andern stehen und führt Nele die Treppe hinauf in einen kleinen, gemütlichen Raum im Obergeschoss.

»Erzähl mir von deinem Traum.«

Nele tut es, obwohl ihr der Traum und seine Verbindung zu den drei Namen inzwischen selbst lächerlich erscheinen.

»Alles Bilder aus dem Lokal, in dem wir gestern Abend gegessen haben«, sagt Herr Krill nachdenklich. Er zieht die blaue Mappe unter anderen Mappen auf dem Schreibtisch hervor, klappt sie auf, greift nach einem Stift und beginnt zu schreiben.

Nele nutzt die Zeit, um sich im Zimmer umzusehen. Ein geräumiger Schreibtisch. Regale an der einen Wand, voll gestopft mit Büchern, Ordnern und Zeitschriften. An der gegenüberliegenden Wand ein schmaler weißer Schrank. Unterm Fenster ein langer Tisch mit einem Kassettenrecorder und einem Computer. Auf einem Rollwagen daneben Karteikästen mit hochgestellten Deckeln. In der Mitte des Zimmers ein kleiner Korbtisch mit drei Korbstühlen.

»Ist das Ihr Zimmer?«, fragt Nele Herrn Krill.

Der schüttelt den Kopf. »Ich habe kein eigenes Zimmer hier. Aber man stellt mir dieses zur Verfügung, sooft ich im Institut arbeiten möchte, so wie jetzt mit dir. Weißt du, ich habe mitgeholfen, das Institut aufzubauen, und ich stehe mit den Mitarbeitern in ständigem, engem Kontakt.«

»Arbeiten noch mehr Leute hier?«

»Ja und nein. Du hast eben den festen Stab von Mitarbeitern kennen gelernt. Daneben gibt es andere wie mich, die von überallher kommen und das Institut lediglich für besondere Untersuchungen nutzen.«

Nele wandert im Zimmer umher. »Ich bin froh, dass es hier so… normal aussieht«, sagt sie. »Ich hab's mir vorgestellt wie das Labor vom Doktor. Nur größer und voll von blitzenden, unheimlichen Apparaten.«

»Größer hätten wir es auch ganz gern«, sagt Herr Krill im Plauderton. »Unheimlich allerdings nicht. Wir hätten gern bessere, teure Geräte, mehr ständige Mitarbeiter. Aber wir müssen froh sein, dass wir es zumindest so weit gebracht haben.« Er macht eine großzügige Handbewegung, die das Zimmer, die übrigen Räume, das ganze Haus umfassen soll.

»Und warum ist das so schwierig?«

»Gute Frage. Warum ist das so schwierig?« Herr Krill sucht nach Worten, die Nele verstehen kann. »Die Parapsychologie«, sagt er dann, »ist eine Wissenschaft, gegen die viele Menschen Vorurteile haben. Sie denken an Spuk, an Geister, an Tod und Teufel.« Er lächelt. »Dabei geht es uns nur um das Erforschen besonderer Fähigkeiten der Menschen.«

Plötzlich redet er schneller, voller Leidenschaft.

»Wir sind keine Geisterbeschwörer. Unsere Untersuchungen müssen nach besonders strengen Vorschriften durchgeführt werden, damit niemand ihre Ergebnisse anzweifeln kann. Das alles macht die Arbeit unnötig schwierig und kostet maßlos Zeit.«

»Vielleicht haben die Leute Angst vor diesen ... Fähigkeiten«, sagt Nele. Sie denkt an Herrn Klodwig in seinem Krankenzimmer. »Vielleicht wollen sie am liebsten gar nichts darüber wissen.«

Herr Krill nickt. »Da hast du den wunden Punkt genau getroffen. Das Bekannte ist den Menschen vertraut. Das Unbekannte versetzt sie in Schrecken. Denk nur an dich selbst und an die Reaktionen der Leute auf deine Kräfte.«

»O ja.« Nele senkt die Stimme. »Aber noch schlimmer ist die Angst, die man selber davor hat.«

Frau Boden betritt mit raschen, leichten Schritten das Zimmer. »Ich bin bereit, Herr Krill.« Sie zwinkert Nele fröhlich zu und zieht sich einen Korbstuhl heran.

»Schön«, sagt Herr Krill. »Dann können wir anfangen. Nele?«

Nele nickt und sie setzen sich zu Frau Boden an den Tisch.

»Zunächst einmal«, sagt Herr Krill, »möchte ich einen weiteren Kartentest mit dir machen. Diese Tests kennst du ja schon. Das Material ist ein anderes, aber das, was du tun sollst, ist genau das, was du auch zu Hause getan hast. Danach möchte ich einen Fernwahrnehmungstest mit dir machen. Es klingt wieder einmal kompliziert, ist aber im Grunde ganz einfach. Herr Glaser und Herr Dorsch sind auf dem Weg zu zwei unterschiedlichen Orten irgendwo im weiteren Umkreis. Sie haben niemanden über ihr Ziel informiert, kennen selbst auch nicht das Ziel des anderen. Wenn es so weit ist, sollst du versuchen herauszufinden, wo sie sich aufhalten.«

»Aber das … das ist doch unmöglich!« Nele starrt Herrn Krill ungläubig an. »Außerdem … kenne ich die Gegend hier doch überhaupt nicht.«

»Das ist auch nicht nötig. Beschreibe uns einfach, was du siehst. Später werden wir schauen, was wir damit anfangen können.«

Er zieht einen Stoß Karten aus dem Regal hervor. »Doch jetzt beginnen wir erst mal mit dem Kartentest. Du weißt Bescheid, Nele. Die Karten sind gemischt. Weder Frau Boden noch ich kennen ihre Anordnung. Du sollst uns jetzt die Symbole auf den einzelnen Karten in der richtigen Reihenfolge nennen. Noch Fragen?«

Nele schüttelt den Kopf.

»Gut.« Herr Krill legt den Kartenstoß vor sich auf den Tisch, mit dem Rücken nach oben. Frau Boden beugt sich zum Kassettenrecorder und schaltet ihn ein.

Nele stützt die Ellbogen auf die Knie, bedeckt das Gesicht mit den Händen. Sie muss sich nicht lange einstimmen. Diese Tests fallen ihr leicht.

»Stern«, sagt sie. »Wolke. Fisch. Lampe … nein … Sonne. Blume.«

Doch diesmal hat sie Mühe, sich zu konzentrieren. Immer wieder muss sie die Gedanken wegschieben, die sich zwischen ihren Kopf und die Karten drängen wollen, Gedanken an den nächsten Test, bei denen ihr unheimlich zumute ist.

»Glocke. Kamel, Kanne … Tisch. Hund … Buch. Kleid.«

Nele blickt nicht auf. Sie weiß, wie Herr Krill jetzt dasitzt, unbewegt, lauschend, gespannt. Nele spürt diese Spannung wie einen unsichtbaren Draht zwischen ihm und sich.

»Banane. See. Katze.«

Sie hat große Lust, den Draht zu zerschneiden. Etwas in ihr lehnt sich auf gegen diesen Mann, der immer nur verlangt. Verlangt und die Dinge weitertreibt.

»Ente. Ring. Tasche. Herz … Schwan.«

Irgendwo im Haus fällt etwas scheppernd zu Boden. Aus den Augenwinkeln nimmt Nele wahr, wie Herr Krill zusammenzuckt.

»Flugzeug. Fahrrad … Ball. Vogel … Auge.«

Herr Krill schaltet den Recorder aus.

Nele richtet sich auf wie betäubt. Sie bittet um ein Glas Wasser. Frau Boden bringt es ihr.

»Erschöpft?«

»Ein bisschen«, sagt Nele.

Doch das ist nicht wahr. Die Erschöpfung sitzt ihr jedes Mal so tief in den Gliedern, dass sie sich kaum regen kann. Vorsichtig streckt sie die Beine aus, bewegt die Zehen in den Schuhen auf und ab.

Herr Krill sieht auf die Uhr. »Du musst dich erst wieder daran gewöhnen, Nele. Das ist ganz natürlich. Diesmal kann ich dir noch eine längere Pause erlauben, weil wir mit dem nächsten Versuch nicht vor der verabredeten Zeit beginnen können. Aber danach müssen wir zügig durcharbeiten. Ich habe den Nachmittag mit Experimenten voll gepackt.«

Frau Boden runzelt die Stirn und schüttelt unmerklich den Kopf.

»Es geht schon«, sagt Nele leise zu ihr. »Ich bin gleich wieder in Ordnung.«

»Eine halbe Stunde, Nele. Einverstanden?«

Nele nickt und steht auf, um sich die Beine zu vertreten. Herr Krill vertieft sich in seine Notizen. Frau Boden geht hinaus und kehrt nach einer Weile leise summend zurück.

Die halbe Stunde ist schnell vorüber.

»Lehn dich zurück und entspanne dich, Nele«, sagt Herr Krill. »Und dann richte deine Aufmerksamkeit bitte zuerst auf Herrn Dorsch. Warte, bis deine Nervosität sich gelegt hat.«

Frau Boden schaltet den Recorder ein. Sie lächelt Nele beruhigend zu.

Nele schließt die Augen. Sie sieht alles Mögliche vor sich, nur hat nichts davon mit Herrn Dorsch zu tun. Sie sieht das hübsche, saubere Zimmer in der Pension, den Bahnhof, das Lokal von gestern. Sie sieht die hohen Häuser der Stadt, das Blaulicht und die Reklame überall.

Lauter Dinge, die aus der Erinnerung kommen. Sonst nichts.

Herr Krill und Frau Boden verhalten sich ganz still. Weit entfernt klingelt ein Telefon. Es klingelt achtmal und verstummt.

Neles Augenlider zucken.

»Du bist nicht entspannt. Atme tief durch«, befiehlt Herr Krill. »Denk an nichts anderes als an Herrn Dorsch.«

Nele gehorcht. Das graue Haar. Der Bart mit seinen unterschiedlichen Farben. Dass ein Bart so aussehen kann, hat sie nicht gewusst.

Sein Gesicht. Wie war sein Gesicht? Sie kann sich nicht erinnern.

Das Haar. Grau. Der Bart. Bunt. Die Augen.

Welche Farbe hatten bloß seine Augen? Er hat sie doch angesehen, da muss sie doch die Farbe seiner Augen …

»Etwas Großes«, sagt sie zögernd. Ihre Zunge wird merkwürdig schwer. Sie kann kaum sprechen mit dieser schweren Zunge im Mund, die überall anstößt. »Rund. Oder oval. Ich sehe es nicht genau. Es ist leer und ... hoch. Keine Menschen. Keine Blumen. Auch keine Bäume. Aber Gras. Und ... ich glaube ... Stühle. Oder Bänke. Ganze Reihen davon. Ein Gebäude. Riesig. Aber es hat kein Dach. Ich kann den Himmel sehen.«

»Sonst noch etwas?«

Nele öffnet die Augen. »Mehr ist nicht da.«

»Gut«, sagt Herr Krill. »Das hast du in Verbindung mit Herrn Dorsch gesehen. Was siehst du, wenn du dich auf Herrn Glaser konzentrierst?«

Nele schließt wieder die Augen. In ihren Füßen und Händen kribbelt es, als stocke alles Blut in ihr. Nele massiert sich die Finger. Es hilft nicht viel. Das Warten legt sich wie ein Gewicht auf ihre Schultern.

Herr Glaser. Seine kleinen Augen. Das Funkeln des Lichts auf seiner Brille. Sein dünnes Haar, durch das man die Kopfhaut sehen kann. Der schlaffe Druck seiner Hand ...

»Nicht leer«, sagt sie. »Im Gegenteil. Es ist sehr ... voll. Eng. Nicht von Menschen. Aber es sind welche da. Ich sehe Pflanzen. Große. Sehr große. Aber auch kleine. Manche hängen von oben runter. Sie verschlingen sich ineinander. Die Pflanzen sind überall. Und da ist wieder etwas Rundes. Aber klein. Viel kleiner als vorhin. Holz. Glas. Und ... Wasser. Nicht viel Wasser. Wenig. Steine auch. Viele Steine. Sogar dicke Felsbrocken.«

»Na siehst du«, sagt Frau Boden, nachdem Nele die Augen wieder aufgemacht hat. »Es war doch gar nicht so schlimm, oder?«

Herr Krill macht sich Notizen. Er nimmt die Brille ab und schaut auf. »Hast du so was schon einmal ausprobiert, Nele? Ich meine, hast du schon einmal versucht, jemanden auf diese Weise zu sehen?«

Nele schüttelt den Kopf. »Ich muss Tim oft suchen«, sagt sie.

»Aber bei Tim weiß ich immer, wo ich ihn finden kann, weil ich all seine Lieblingsplätze kenne.«

Herr Krill verlässt das Zimmer und kehrt mit zwei braunen Briefumschlägen zurück.

»Sie haben aufgeschrieben, wohin sie fahren wollten. Die Angaben befinden sich in diesen Umschlägen. Wie ich dir schon gesagt habe, wissen wir selbst nicht, welche Orte sie aufgesucht haben, sonst hätten wir es dir womöglich unbewusst verraten können.«

Er reißt die Umschläge auf, entnimmt jedem Umschlag ein Blatt Papier, liest und lässt langsam die Hände sinken.

»Herr Dorsch befindet sich in einem Fußballstadion, etwa dreißig Kilometer von hier. Herr Glaser ist im Botanischen Garten, ungefähr vierzig Kilometer entfernt. Genau diese Orte scheinst du uns eben beschrieben zu haben.«

Nele starrt ihn fassungslos an. Sie sieht sein befriedigtes Lächeln und das verblüffte Gesicht von Frau Boden.

Ihr selbst ist nicht zum Lächeln zumute.

Dies ist einer der Momente, in denen sie vor sich selbst erschrickt.

Ihr ist mit einem Mal kalt, entsetzlich kalt.

23

»Eine schöne Stadt«, sagt Oma. »Aber laut. Und anstrengend. Vor allem für die Füße. Mein Gott, dieser Verkehr! Und die vielen Menschen! Und alle in Eile. Wenn man nicht überfahren wird, dann wird man umgerannt.«

Sie öffnet ihre Handtasche und zieht ein knisterndes, glänzendes Päckchen heraus.

»Ich habe dir etwas mitgebracht. Sei vorsichtig beim Auspacken. Es ist zerbrechlich.«

Behutsam wickelt Nele das Geschenkpapier auf.

»Eine Schneekugel!« Sie greift nach Omas Hand und drückt sie fest.

»Dacht ich's mir doch«, sagt Oma lächelnd, »dass sie dir gefallen würde. Für Tim habe ich auch eine gefunden, eine mit einer kleinen bunten Eisenbahn darin.«

Nele schüttelt die Kugel und betrachtet die weißen Flocken, die in einer wirbelnden Wolke um eine farbenprächtige Ente rieseln.

»Ist die schön, Oma! Danke!«

Oma streift die Schuhe ab und reibt sich stöhnend die Fußgelenke.

»Als kleines Mädchen hast du mal eine Schneekugel gehabt. Damals war es eine mit Schneewittchen und den sieben Zwergen. Erinnerst du dich?«

»Und ob«, sagt Nele. »Tim hat sie fallen lassen und dann war sie kaputt.«

»Hättest du es nicht vorhersehen können?«, fragt Oma mit einem verschmitzten Lächeln.

»Ach, Oma. Mach dich nicht lustig über mich. Mir ist sowieso schon zum Heulen zumute.«

»War es so schlimm heute?«

Nele nickt. »Es macht mich so müde. Und Herr Krill merkt es nicht mal. Er ist hier ganz anders als zu Hause. So… ich weiß nicht wie. Er hat überhaupt keine Zeit mehr für ein Wort zwischendurch.«

»Enttäuscht?«

Nele stellt die Schneekugel auf den Tisch und setzt sich auf ihr Bett.

»Ich habe gehofft, er hilft mir. Er müsste mir doch erklären können, woher die Bilder kommen und warum ich sie sehe. Und ich hab auch gehofft, er könnte was dagegen tun. Aber irgendwie ist er sogar froh über die Bilder. Er will überhaupt nicht, dass sie verschwinden. Es ist, als würde er Schmetterlinge sammeln und ich wär ein besonders seltenes Exemplar.«

Oma kommt zu ihr und setzt sich neben sie. »Niemand wird die Bilder verschwinden lassen können. Auch Herr Krill nicht. Ich glaube, mein Kleines, du wirst lernen müssen, mit ihnen zu leben.«

Nele nimmt Tims Schlafhasen vom Kopfkissen und drückt ihn gegen das Gesicht. Max riecht ein wenig nach Tim und nach zu Hause. Trübsinnig zupft Nele an den langen, schlappen Hasenohren.

»Ich weiß.« Oma streicht ihr übers Haar. »Wir alle haben gut reden. *Du* bist es, die da hindurchmuss.«

Nele zieht die Füße hoch, rollt sich auf der Bettdecke zusammen, legt den Kopf auf Max und schließt die Augen.

Als sie wieder aufwacht, steht die Dunkelheit vorm Fenster. Oma sitzt schlafend in dem Sessel neben der Stehlampe. Ihr Kopf liegt auf der Rückenlehne, das Gesicht vom Licht abgewandt, ihr Mund ist weit geöffnet.

Nele schiebt die Wolldecke weg, mit der Oma sie zugedeckt haben muss, geht auf Zehenspitzen zur Tür und drückt die Klinke herunter. Die Tür knarrt.

Augenblicklich hebt Oma den Kopf. Sie blinzelt verwirrt.

»Was ist los?«

»Ich muss mal aufs Klo«, sagt Nele. »Die blöde Tür hat geknarrt. Tut mir Leid.«

Oma gähnt und reibt sich die Augen.

»Macht nichts. Wenn ich weitergeschlafen hätte, dann hätte ich mich wieder die ganze Nacht hellwach im Bett herumgewälzt.«

Sie beugt sich zum Licht und schaut auf die Uhr. »Oh. Schon so spät. Wenn wir noch etwas essen wollen, müssen wir uns aber beeilen.«

Wenig später verlassen sie das Haus. Es ist ein kühler Abend. Oma zieht fröstelnd den Mantel über der Brust zusammen.

»Suchen wir uns etwas in der Nähe«, sagt sie. »Ich habe heute Nachmittag ein paar hübsche Lokale hier gesehen.«

Viele der Leute, die ihnen begegnen, führen Hunde an der Leine. Manche stehen in kleinen Grüppchen zusammen, eifrig in ein Gespräch vertieft, während die Hunde einander gelangweilt beschnüffeln.

»Kannst du dir Bettie an einer Leine vorstellen?«, fragt Oma.

»Oder uns und die Nachbarn beim Gassigehen?«, flüstert Nele.

Oma wirft den Kopf zurück und lacht. Sie sieht sehr jung aus in diesem Augenblick, beinah so jung wie auf dem Hochzeitsfoto mit Opa.

»Ach«, sagt sie. »Ich glaube fast, ich habe ein bisschen Heimweh.«

Nele tastet nach ihrer Hand und hält sich daran fest. Wortlos gehen sie nebeneinander her.

Vor einer Pizzeria bleibt Nele stehen. Oma späht unschlüssig in eines der schwach erleuchteten Fenster hinein.

»Bitte, Oma! Ich hab noch nie eine richtige Pizza gegessen. Nur die, die Mama immer macht, und das ist keine echte.« Nele schnuppert sehnsüchtig zum Eingang hin. »Riech doch mal.«

Oma schnuppert ebenfalls. »Na, dann los. Worauf warten wir noch?«

Sie lassen sich an einem der letzten freien Tische nieder. Der Kellner reicht ihnen mit einer schwungvollen Bewegung die Speisekarten. Oma nennt er *Signora.* Zu Nele sagt er *Signorina.*

Nele kichert. »Hallo, Signora«, sagt sie zu Oma, doch die ist bereits in die Lektüre der Speisekarte vertieft.

Aus einem Dschungel künstlicher Pflanzen tröpfelt Musik, kaum zu hören in dem dichten Stimmengewirr. Der Kellner ruft die Bestellungen laut in die Küche hinein. Er geht singend zwischen den Tischen umher, das Tuch, mit dem er dann und wann über eine der Tischplatten fährt, achtlos über die Schulter geworfen.

»Nun erzähl mal«, sagt Oma beim Essen. »Was habt ihr heute gemacht?«

Nele beginnt zu erzählen. Als sie vom Ergebnis des Fernwahrnehmungstests berichtet, lässt Oma die Gabel sinken.

»Du meinst, du hast sie gesehen, obwohl sie Kilometer von dir entfernt waren?«

Nele stopft sich genüsslich ein dickes Stück Pizza in den Mund. Dann bemerkt sie Omas Blick.

Sie schluckt den Bissen halb zerkaut hinunter. »Guck mich nicht so komisch an, Oma. Vielleicht... vielleicht ist es ja bloß ein riesiger Zufall gewesen.«

Flehend sieht sie Oma an. »Es *kann* doch ein Zufall gewesen sein, oder nicht?«

Oma nimmt die Serviette und betupft sich damit den Mund. »Das glaube ich nicht.«

Sie starrt auf die Serviette in ihrer Hand.

»Tut mir Leid«, sagt sie sanft. »Ich wollte dich nicht komisch ansehn. Es ist nur ... ich habe nicht geahnt, dass du sogar solche Dinge... ach, ich bin einfach ein bisschen überrascht, das ist alles.«

Sie klappt die Serviette auseinander und faltet sie wieder zusammen. Dann blickt sie auf und bringt ein halbherziges Lächeln zustande.

»Dabei sollte mich eigentlich nichts an dir überraschen.

Schließlich bist du meine Enkelin und etwas ganz Besonderes.«

Sie gibt sich heiter, doch ihre Augen verraten, dass sie sich um Fassung bemüht.

Nele legt das Besteck auf den Teller, fasst Oma an der Schulter und rüttelt sie leicht.

»Ich bin Nele. Und wenn ich die Gedanken von sämtlichen Leuten hier im Raum lesen könnte – das würde nichts daran ändern. Oder?«

Oma greift nach der Gabel und spießt entschlossen eine Nudel auf. »Nein. Es würde nichts daran ändern.«

Sie beugt sich zu Nele vor und beginnt zu flüstern. »Solange nur meine eigenen Gedanken vor dir sicher sind.« Ihre Augen weiten sich in gespieltem Entsetzen. »Oder sind sie das etwa nicht?«

Sie lachen. Zuerst leise, wie zwei Verschwörer. Dann lauter.

Und die Leute am Nebentisch drehen sich zu ihnen um.

24

Herr Krill hat schlechte Laune.

Zuerst fährt er Herrn Glaser an, weil ein Versuch, der heute gemacht werden sollte, nicht vorbereitet ist. Dann ärgert er sich über irgendwelche Unterlagen, die Frau Boden ihm zeigt.

In der Frühstückspause ist ihm der Kaffee zu stark. Nachdem er ihn mit heißem Wasser verdünnt hat, ist er ihm zu schwach. Zweimal wird er am Telefon verlangt. Beide Male lässt er sich verleugnen.

Mit Nele ist er ungeduldig. Er erklärt ihr, was sie zu tun hat, und wenn sie es nicht augenblicklich begreift, runzelt er gereizt die Stirn.

Nele atmet auf, als er über Mittag das Haus verlässt, um Besorgungen zu machen.

Herr Glaser betrachtet nachdenklich die Tür, die laut hinter Herrn Krill ins Schloss gefallen ist.

»Sag mal, Nele, ist heute irgendwas schief gelaufen?«

Nele setzt sich auf ihren Stuhl. »Ein Test hat nicht geklappt.«

»Das erklärt alles.« Herr Glaser nickt. »Du musst nämlich wissen, dass er von dir mehr erwartet als von anderen. Er hält große Stücke auf deine Begabung.«

»Aber es sind so viele Tests. Und kaum hab ich den einen hinter mir, fängt schon der nächste an. Ich bin einfach müde.«

Herr Glaser beugt sich zu ihr vor. »Ich verrate dir jetzt mal, was *wir* machen, wenn Herr Krill verärgert ist. Wir ziehen den Kopf ein wie die Schildkröten und warten ab, bis sich der Sturm gelegt hat.«

Nele lacht. »Und das funktioniert?«

»Immer«, sagt Herr Glaser und grinst wie ein Junge.

Der Tisch ist mit Brötchen gedeckt, mit Käse, Butter, Honig, sauren Gürkchen, Tomaten und Obst.

Herr Dorsch liest Zeitung. Frau Boden und Herr Glaser versuchen, Nele abzulenken.

»Ihr wohnt ganz nah am Meer?«, fragt Herr Glaser. »Da bist du ja wirklich zu beneiden.«

Nele weiß nicht, was sie darauf erwidern soll. Die Fragen nach ihrer Familie und dem Hof machen es ihr leichter. Es tut gut, über die Eltern, Tim, Friedrich und Opa zu sprechen, wenigstens mit den Gedanken bei ihnen zu sein.

Sie selbst hat auch viele Fragen. Endlich kann sie sie stellen.

»Ich habe gedacht, ich würde hier andere Jugendliche treffen«, sagt sie. »Warum sind denn keine hier?«

»Wir arbeiten vor allem mit Erwachsenen«, erklärt ihr Frau Boden. »Mit Kindern und Jugendlichen ist es schwieriger. Es ist zunächst einmal ein Problem, sie überhaupt ins Institut zu bekommen. Manche Eltern lehnen es ab, ihre Kinder herzuschicken. Andere, die dazu bereit wären, haben dann oft nicht die Zeit, sie zu begleiten.«

Herr Glaser hat zu ihren Worten genickt. »Auch die Arbeit an sich ist mit jungen Leuten recht schwierig«, sagt er. »Wenn man die Experimente mit ihnen macht, stellt man häufig fest, dass sich das, was man für außersinnliche Fähigkeiten gehalten hat, schließlich nur als lebhafte Fantasie entpuppt.«

»Und bei den Erwachsenen ist es anders?«

»Bei denen muss man ebenfalls vorsichtig sein«, sagt Herr Glaser. »Wir müssen überhaupt äußerst behutsam vorgehen, um alle Möglichkeiten eines Irrtums auszuschließen. Viele sind sehr stolz auf ihre Fähigkeiten. Sie fürchten, bei den Tests zu versagen. Manchmal spielen sie uns dann bewusst oder auch unbewusst Theater vor.«

»Stolz?«, fragt Nele. »Aber wären sie denn nicht lieber normal?«

Frau Boden lächelt. »Deswegen ist die Arbeit mit dir ja so angenehm. Eben weil du ein ganz normales Mädchen bist.«

»Schön wär's«, sagt Nele. »Ein normales Mädchen sieht nicht voraus, dass zum Beispiel ein Feuer ...« Sie muss schlucken. Dann bricht sie unvermittelt in Tränen aus.

Frau Boden legt erschrocken ihr Brötchen weg. Herr Dorsch faltet die Zeitung zusammen und sieht Nele ratlos an.

»Tränen? Aber doch nicht bei uns, Nele. Ich dachte immer, wir wären ganz besonders nett.«

Frau Boden gibt ihm und Herrn Glaser ein Zeichen. Beide stehen auf, behaupten, sie hätten noch etwas Wichtiges zu erledigen, und verlassen das Zimmer. Frau Boden geht neben Nele in die Hocke.

»Wein dich ruhig aus, Nele. Ich kann verstehen, wie dir zumute ist. Es kostet eine Menge Kraft, mit diesen Erlebnissen fertig zu werden. Aber du kannst es schaffen. Du bist stark.«

»Und wenn ich es gar nicht schaffen will?« Nele wischt die Tränen mit dem Handrücken fort. »Ich will keine Bilder mehr sehn.«

»Hast du denn wieder welche gesehen?«

Nele schüttelt den Kopf. »Aber sie werden wiederkommen. Sie kommen immer wieder. Und was soll ich dann tun?«

»Hinsehen«, sagt Frau Boden. »Mutig sein und hinsehen.«

Nele putzt sich wütend die Nase. »Das sagt Herr Krill auch. Aber selbst wenn ich hinsehe – ich kann das, was ich sehe, nicht aufhalten! Weil mir nämlich keiner glaubt!«

In diesem Augenblick kehrt Herr Krill zurück, Bücher unterm Arm, eine Tasche an der Hand.

Nele wendet das Gesicht ab und reibt sich verstohlen die Augen.

»Etwas nicht in Ordnung?«

Herr Krill stellt die Frage in einem Ton, der deutlich zeigt, wie sehr er Unordnung verabscheut.

»Nele ist ein bisschen mit den Nerven herunter«, sagt Frau Boden.

»Jetzt schon? Wir haben doch eben erst mit der Arbeit angefangen.«

Herr Krill legt die Bücher auf einen Stuhl, lehnt die Tasche an das Stuhlbein.

»Gefällt es dir bei uns nicht?«

Nele schluckt an neuen Tränen.

»Wir tun doch nichts, was du nicht schon von unserer Arbeit zu Hause kennst.«

Er geht auf Nele zu.
»Doch. Es ist anders.«
Herr Krill setzt sich neben Nele und nimmt ihre Hand.
»Der Test gestern hat dich erschreckt, weil du auf Dinge gestoßen bist, die du über dich selbst nicht gewusst hast. Das ist ganz normal. In ein, zwei Tagen bist du darüber hinweg. Es ist immer so.«
Seine Stimme schmeichelt, ist wieder freundlich, fast sanft.
»Hab Vertrauen zu mir, Nele.«
Nele senkt den Kopf. Vertrauen. Sie hat Vertrauen zu ihm gehabt. Deshalb ist sie ja hier. Wenn er nur immer so wäre wie in diesem Augenblick. Dann käme das Vertrauen vielleicht zurück.
»Sind Sie nicht mehr böse auf mich?«
Herr Krill hebt verwundert die Augenbrauen.
»Böse? Wann soll ich denn böse auf dich gewesen sein? Und warum?«
»Heute früh. Weil ich mich so blöd angestellt habe.«
Er drückt ihre Hand, lässt sie dann los und erhebt sich langsam.
»Ich bin höchstens ab und zu ein wenig ungeduldig. Wir haben so wenig Zeit und noch so viel Arbeit vor uns. Kannst du das nicht verstehen?«
Nele putzt sich noch einmal die Nase. »Wenn Sie wollen, können wir jetzt weitermachen.«
»Fein. Nichts anderes habe ich von dir erwartet.«
Nachdem er die Bücher und die Tasche in sein Zimmer gebracht hat, führt er Nele in einen kleinen, fensterlosen Raum, in dem sie bisher noch nicht gewesen ist. Der Raum ist kahl und leer, bis auf einen Tisch, einen Stuhl, einen Sessel und eine Lampe an der Decke, die ein kaltes Licht ausstrahlt.
»Das hier«, erklärt Herr Krill, »ist unsere Isolationskammer.

Sie ist mit dicken Metallplatten abgeschirmt. Frau Boden befindet sich in einem anderen Raum, dem, der am weitesten von diesem entfernt ist. Sie hat einen Kasten mit fünf Würfeln vor sich stehen. Ich möchte nun, dass du die Zahlenkombinationen, die sie würfelt, herausfindest und aufschreibst. Papier und Stift liegen auf dem Tisch. Bist du bereit?«

»Ja«, sagt Nele, weil sie weiß, dass er es hören will. Aber in Wirklichkeit ist sie im Augenblick zu gar nichts bereit, nicht einmal dazu, überhaupt hier im Institut zu sein, erst recht nicht in einer Kammer wie dieser.

Sie denkt an die Eltern, an Opa, Tim und Friedrich, stellt sich vor, was sie gerade tun mögen.

Wahrscheinlich sitzen sie beim Mittagessen. Sie essen zu Hause immer spät zu Mittag. Danach werden der Vater und Opa aufs Feld fahren. Es ist Zeit für die Kartoffeln.

»Ich schließe dich jetzt ein. Du hast doch keine Angst davor, eine Weile allein in diesem Raum zu bleiben?«

Nele schüttelt den Kopf. Vor einem Zimmer hat sie sich noch nie gefürchtet.

Herr Krill geht hinaus. Mit einem dumpfen Knall schließt sich die schwere Tür hinter ihm und Nele ist allein.

Sie setzt sich an den Tisch, zieht das Papier zu sich heran, nimmt den Stift in die Hand und wartet.

Sechs. Sechs. Zwei. Eins. Vier.

Nele schreibt, wartet wieder.

Eins. Drei. Vier. Vier. Sechs.

Vielleicht sind die Ferkel gekommen. Lena war die ganze letzte Woche schon sehr behäbig und schwerfällig. Stand nur auf, um zu fressen, und legte sich gleich wieder hin.

Bestimmt hat der Vater inzwischen auch die Küken gekauft, wie er es vorgehabt hatte, und sie unter die Lampe gesetzt, damit sie sich ein wenig heimisch fühlen.

Nele stellt sich die kleinen, zerbrechlichen, noch nackten Körper vor und empfindet plötzlich eine unbändige Lust, aufzustehen, alles hinzuwerfen und nach Hause zu fahren.

Wie oft ist ihr die Arbeit auf dem Hof zu viel geworden. Wie oft hat sie David darum beneidet, dass er sich die Tage einteilen kann, wie er will. Doch jetzt fehlt ihr die Arbeit. Und wie sie ihr fehlt.

Vier. Fünf. Fünf. Fünf. Drei.

Wahrscheinlich wird sie es sein, die später einmal den Hof übernimmt. Friedrich liegt nichts daran. Sein Beruf ist ihm längst wichtiger geworden. Er braucht seine Autos und Motorräder, ist gern unterwegs, will Reisen machen.

Und Tim? Der ärgert sich zwar oft darüber, dass er bei vielen Arbeiten noch nicht mithelfen darf, aber wenn Friedrich zu Hause ist, hält er sich viel lieber bei ihm in der Scheune auf als beim Vater und Opa im Stall. Zum letzten Geburtstag hat er sich einen Werkzeugkasten gewünscht.

Nele lächelt. Wenn es wirklich so kommen sollte, dass sie den Hof übernimmt, dann will sie einiges ändern. Die Kälber nicht mehr gleich nach der Geburt von den Müttern trennen, selbst wenn es mehr Arbeit macht. Die Kühe nicht anketten. Ihnen auch im Winter Auslauf lassen. Die Schweine nicht in den Stall sperren.

»Du hast dir ja eine Menge vorgenommen«, sagt der Vater schmunzelnd, wenn Nele von ihren Plänen spricht.

Ja. Sie hat sich eine Menge vorgenommen. So viel ist möglich. Man muss es nur versuchen. Wie der Sohn von Bauer Otten, der schon damit angefangen hat, den Hof umzustellen.

Kein einziges Geräusch dringt von außen zu Nele herein. Die Stille summt ihr in den Ohren. Nele fasst sich an die Stirn. Die fühlt sich heiß an. Ob sie eine Erkältung ausbrütet?

Eins. Vier. Vier. Drei. Drei.

Warten.

Sechs. Sechs. Sechs. Sechs. Fünf.

Es kratzt auch so im Hals. Und die Knochen tun ihr weh.

Es ist stickig in diesem Raum. Obwohl der Tag kühl ist. Den ganzen Morgen hat es nach Regen ausgesehen.

Nele blickt auf. Weiße Wände. Nackte weiße, schweigsame Wände.

Und die Stille so dicht.

Heute früh hat Nele bemerkt, dass die Mundwinkel von Herrn Krill leicht herabgezogen sind. Wie bei einem Menschen, der sich nicht freuen kann.

Herr Krill. Schuldbewusst senkt Nele den Kopf und konzentriert sich wieder.

Sie bekommt schlecht Luft, reibt sich den Hals.

Drei. Zwei. Zwei. Fünf. Sechs.

Ihre Kehle ist wie ausgetrocknet. Seltsam, dass sie immer Durst bekommt bei den Tests. Sie wird viel trinken, wenn sie erst mit diesem hier fertig ist.

Aber sie scheint nicht fertig zu werden. Immer neue Zahlen kommen ihr in den Kopf.

Sechs. Sechs. Vier. Zwei. Zwei.

Diese Stille. Nele summt vor sich hin. Es hilft nicht. Die Stille kriecht immer näher. Es ist eine hässliche Stille.

Sechs. Eins. Fünf. Fünf. Drei.

Eine Stille, die kaum zu ertragen ist.

Nele schreibt und wartet, wartet und schreibt. Sie scharrt mit den Füßen, hustet, atmet laut gegen die Stille an.

Weiter geht es und weiter.

Bis endlich keine Zahlen mehr kommen.

Erleichtert wirft Nele den Stift auf den Tisch. Sie springt auf und läuft zur Tür.

Die Tür hat keine Klinke. Sie hat nur einen Knauf.

Wahrscheinlich muss man ihn drehen.

Nele dreht ihn nach links, dann nach rechts. Vergeblich. Sie rüttelt daran. Es tut sich nichts.

Entsetzt starrt sie die Tür an, ringt nach Luft. Da fällt ihr wieder ein, dass Herr Krill die Tür ja verschlossen hat.

Die Stille tost ihr jetzt in den Ohren. Der Hals wird ihr immer enger.

Wenn nicht bald jemand die Tür aufmacht, wird sie schreien.

Sie hat das Gefühl, als rückten die Wände auf sie zu. Nele beißt sich in die Hand, beißt so fest zu, dass der Schmerz ihr die Tränen in die Augen treibt. Sie presst die Hände flach auf das kalte Metall, lehnt die Stirn dagegen.

»Ruhig«, flüstert sie. »Ruhig.«

Eine Ewigkeit scheint zu vergehen, bis sie ein Rucken hört, ein Quietschen, weit entfernt. Die Tür öffnet sich, und Nele schlüpft hinaus, kaum dass der Spalt breit genug ist für sie.

Herr Krill betritt den Raum und geht zum Tisch. Er nimmt das Papier, das Nele beschrieben hat, und führt sie in sein Zimmer zurück.

»Wie bist du zurechtgekommen?«

Er sagt das leichthin. Als wäre nichts gewesen!

»Gut«, sagt Nele gepresst. Sie lauscht auf den beruhigenden Klang ihrer Stimmen. Auf das wunderschöne Geräusch ihrer Schritte. Aus den Fenstern kann sie in den Himmel sehen.

»Ich weiß«, sagt Herr Krill. »Man fühlt sich beklommen in dieser Kammer.«

Er setzt sich an den Schreibtisch und vergleicht Neles Zahlen mit denen, die Frau Boden ihm reicht.

Nele kauert sich auf ihren Stuhl. Ihr Blick verschwimmt. Sie ist so müde. Am liebsten würde sie sich gleich hier auf den Teppich legen und schlafen.

Herr Krill notiert das Ergebnis.

»Ausgezeichnet«, sagt er. »Nur zu Anfang scheinst du nicht recht bei der Sache gewesen zu sein. Da habe ich geringfügige Abweichungen festgestellt. Deshalb meine ich, wir sollten den Test wiederholen.«

Seine Worte treffen Nele wie ein Schlag. Wie kann er sie in dieses Zimmer zurückschicken? Wie kann er sie noch einmal dieser Stille ausliefern?

»Sehen Sie denn nicht, wie erschöpft das Kind ist?«

Frau Boden fasst Nele bei den Schultern. »Komm, trink erst mal was und ruh dich aus.«

»Sie hat sich in der Mittagspause ausgeruht«, sagt Herr Krill scharf. »Wie sollen wir unser Pensum schaffen, wenn wir nach jedem Versuch eine Pause einlegen?«

Frau Boden dirigiert Nele sanft zur Tür.

»Das Pensum ist nicht alles«, sagt sie ungerührt, öffnet die Tür und geht mit Nele hinaus.

25

»Neles Fähigkeiten«, sagt Herr Krill, »sind ungewöhnlich vielschichtig. Ihre besondere Begabung scheint mir auf dem Gebiet der Telepathie zu liegen.«

Er trägt einen dunklen Anzug und eine Krawatte, sieht sehr ernst aus, beinahe feierlich. Auch Herr Dorsch und Herr Glaser tragen Anzüge. Nur Frau Boden ist nicht anders gekleidet als sonst. Sie sitzt neben Nele, die Beine in den engen Jeans lässig ausgestreckt, die Füße übereinander gelegt.

»Doch auch im Bereich der Präkognition verfügt Nele offenbar über eine geradezu außergewöhnliche Begabung.«

Nele beugt sich zu Frau Boden. »Was ist das, Präkog…?«

»Präkognition«, flüstert Frau Boden hinter vorgehaltener Hand zurück. »Das bedeutet, dass du Dinge vorhersehen kannst.«

»So sah Nele einen Brand im Haus eines Lehrers voraus«, fährt Herr Krill mit einem strengen Seitenblick auf Nele und Frau Boden fort. »Glücklicherweise hielt ich mich zu dieser Zeit gerade in Norddeutschland auf, sodass dieses Ereignis durch meine Aufzeichnungen belegt werden konnte.«

Die beiden fremden Männer hören Herrn Krill interessiert zu. Hin und wieder wandern ihre Blicke zu Neles Gesicht und Nele sieht rasch woandershin.

»Es werden zwei Kollegen kommen«, hatte Herr Krill am Tag zuvor zu ihr gesagt. »Ich möchte, dass sie bei einigen Experimenten anwesend sind.«

Nele war diese Vorstellung unangenehm gewesen, aber sie hatte sich nicht getraut, das zu sagen.

Seit sie im Institut ist, kann sie mit Herrn Krill nicht mehr richtig reden. Er hetzt sie von Test zu Test, von einem Raum in den anderen, nimmt sich kaum Zeit für ein Wort am Rande.

»Achte gar nicht auf sie«, hatte Frau Boden ihr geraten. »Tu einfach so, als wären sie überhaupt nicht da.«

Aber wie kann man sich einbilden, die Männer wären nicht da, wenn sie einen anstarren, als wäre man ein Tier im Zoo?

»Es gibt Anzeichen dafür, dass Nele schon früher, bereits im Kleinkindalter, Ereignisse vorausgesehen hat, wie zum Beispiel den Herzinfarkt ihrer Großmutter. Doch diese Fälle sind leider nicht belegt und deshalb für unsere Zwecke unbrauchbar.«

Nele presst die Lippen zusammen. Oma wäre an dem Infarkt beinahe gestorben, und er redet darüber, als wäre es eine harmlose Magenverstimmung gewesen.

»Ich plane auf diesem Gebiet einen Langzeitversuch mit

Nele, und ich bin davon überzeugt, dass er uns gute Ergebnisse liefern wird.«

Langzeitversuch? Fragend sieht Nele Frau Boden an.

»Er meint damit«, flüstert Frau Boden, »dass du ab jetzt deine Träume aufschreiben sollst und vor allem die Bilder, wenn du wieder welche siehst. Die Aufzeichnungen schickst du möglichst regelmäßig ans Institut. Und wenn das, was du in deinen Träumen oder den Bildern gesehen hast, tatsächlich eintrifft, dann benachrichtigst du uns sofort.«

Herr Krill hat aufgehört zu reden. Er schaut Frau Boden ungeduldig an. Frau Boden macht eine entschuldigende Geste.

»Mit Neles Heilkräften«, nimmt Herr Krill den Faden wieder auf, »habe ich mich bisher noch nicht befasst. Wir stehen ja erst am Anfang unserer Arbeit.«

Wieder wandern die Blicke zu Nele, aufmerksam, kühl. Blicke, die Fragen stellen und auf Antworten warten.

Nele fasst nach Frau Bodens Hand und drückt sie. Frau Bodens Hand erwidert den Druck.

»Ich habe bereits eine beachtliche Reihe von Versuchen mit Nele durchgeführt, selbstverständlich unter streng kontrollierten Bedingungen. Die Ergebnisse lagen in der Regel weit über meinen Erwartungen. Zwei dieser Untersuchungen, die ungewöhnlich gute Ergebnisse erzielten, möchte ich heute wiederholen. Es handelt sich um einen Fernwahrnehmungs- und einen Telepathietest.«

»Ausgerechnet«, flüstert Nele. Frau Bodens Hand verstärkt ihren Druck.

Herr Krill redet weiter. Nele hört die Worte, doch sie hört nicht mehr zu.

Etwas ist seltsam an seiner Stimme. Sie ist ganz leise geworden, als hätte sich eine gläserne Wand zwischen Nele und Herrn Krill aufgerichtet.

Auch mit seinem Gesicht stimmt etwas nicht. Es verschwimmt und nimmt wieder Schärfe an, als würde eine riesige Lupe vor ihm auf und ab bewegt.

Nele lässt Frau Bodens Hand los, beugt sich vor und klammert sich an ihren Stuhl. Plötzlich spürt sie das vertraute Schwindelgefühl, den pochenden Schmerz in den Schläfen. Eine Welle von Übelkeit überschwemmt ihren Körper. Nele hält die Luft an und fällt.

Sie fällt tief. Fällt in ein kaltes schwarzes Loch.

Unten warten schon die Bilder auf sie.

Eine Stimme zieht sie wieder nach oben. Es kostet Nele eine ungeheure Anstrengung, die Augen zu öffnen.

»Nele, hörst du mich?«

Frau Bodens Stimme. Nele versucht zu nicken, aber ihr Kopf ist zu schwer.

Sie liegt auf dem Sofa. Frau Boden kniet neben ihr. Im Hintergrund nimmt Nele unklar die Gestalten der Männer wahr. Eine der Gestalten löst sich aus dem Dunkel und nähert sich ihr.

»Was hast du gesehen, Nele?«

Seine Stimme. Leise. Drängend.

»Lassen Sie ihr doch Zeit, sich zurechtzufinden«, sagt Frau Boden vorwurfsvoll. »Schauen Sie, was Sie angerichtet haben.«

Herr Krill schiebt sie beiseite, zieht einen Stuhl heran, setzt sich und beugt sich zu Nele vor.

»Wir beide wissen, was das zu bedeuten hat, nicht wahr?«, fragt er ruhig.

Nele schließt die Augen. Sie will ihn nicht sehen, will seine Fragen nicht hören, ihm keine neue Nahrung für seine Notizen geben.

Seine Stimme täuscht. Er ist nicht besorgt. Die Behutsamkeit, mit der er seine Fragen stellt, ist nur ein Weg, um Nele zum Reden zu bringen.

Ich hätte es eher merken müssen, denkt Nele. Für ihn zählt nur seine Arbeit. Er ist einfach so.

Es ist wie beim Klodwig, wenn er seine Versuche vorführt. Dann gibt es nichts anderes für ihn als das, was zu den Versuchen gehört.

»Was hast du gesehen, Nele?«

Sein Gesicht ist ganz nah an ihrem. Sie kann die groben Poren in seiner Haut erkennen.

Wenn sie doch bloß Kraft genug hätte, sich wegzudrehen.

»Schön.« Herr Krill erhebt sich langsam. »Ruh dich aus. Wir können später darüber sprechen.«

Die Männer gehen hinaus.

»Möchtest du, dass ich bei dir bleibe?«, fragt Frau Boden.

Nele schüttelt den Kopf. »Nicht jetzt. Ich bin so müde.«

Dem kurzen, unruhigen Dämmern gelingt es nicht, die Bilder zu verdecken. Sie kommen wieder hervor und drängen sich Nele in den Kopf.

Autos. Eine breite Straße. Geschäfte.

Blauer Himmel. Menschen. Ein Gehsteig.

Geschäftigkeit.

Aber das Blut! Woher kommt all das Blut?

Entsetzte Gesichter.

Und immer wieder Blut.

»Nein!«

Nele bedeckt die Augen mit den Händen, hält sich die Ohren zu, sieht sich gehetzt im Zimmer um nach etwas, mit dessen Anblick sie sich ablenken könnte.

Das Regal.

Der Schrank.

Die Stühle.

Die Pflanzen auf der Fensterbank.

Der Teppich.

Der zarte Grünton der Tapete.

All das ist ihr bereits vertraut und es tut seine Wirkung. Nele entspannt sich und wagt es endlich, die Augen wieder zu schließen.

Als sie aufwacht, mag eine Stunde vergangen sein. Die Sonne scheint ins Zimmer, taucht es in ein warmes, freundliches Licht.

Nele steht auf, zieht die Schuhe an, streicht sich den Pullover glatt, geht zur Tür und drückt die Klinke hinunter.

Sie sitzen im Pausenzimmer. Es riecht nach Kaffee.

»Natürlich ist sie empfindsam«, hört Nele Herrn Krill sagen. »Und ich nehme doch wirklich Rücksicht darauf.«

Nele hat nicht die Absicht, an der Tür zu lauschen. Trotzdem bleibt sie stehen, sorgsam darauf bedacht, kein Geräusch zu machen.

»Rücksicht«, sagt Frau Boden bitter. »Stunde um Stunde haben Sie sie über den Tests sitzen lassen, ohne sich auch nur einmal zu fragen, ob sie der ungewohnten Anstrengung gewachsen ist.«

»Nele hat gewusst, worauf sie sich einlässt«, entgegnet Herr Krill. »Sie ist alt genug, um die Dinge richtig einzuschätzen.«

»Alt genug? Sie ist ein Kind! Ein Kind mit tausend Ängsten. Sie sind Psychologe. Sie müssten es doch wissen...«

»Nele ist nicht meine Patientin. Sie ist...«

»... bloß ein lohnendes Studienobjekt«, vervollständigt Frau Boden den Satz.

»Das hat Sie doch bislang nicht gestört«, sagt Herr Krill heftig. »Wir haben es hier mit wissenschaftlichen Fragen zu tun.

Neles Fall kann uns unschätzbare Erkenntnisse liefern. Bei einem Kind ihres Alters habe ich noch nie so starke Begabungen gefunden. Wir hatten genügend Kinder mit ausgeprägten, speziellen Fähigkeiten hier. Aber bei Nele treffen all diese Fähigkeiten zusammen. Sie ist eine außerordentlich …«

»Sie ist ein Kind«, schneidet Frau Boden ihm das Wort ab. »Ein sensibles, begabtes, verschrecktes Kind. Was sie braucht, ist Zuwendung, Nähe und vor allem Zeit.«

»Zeit!«, sagt Herr Krill, und das Wort klingt wie ein Peitschenhieb. »Bald reist sie wieder ab. Vor den Sommerferien wird sich keine neue Gelegenheit bieten, sie wieder ins Institut zu holen.«

»*Sie* mögen ja unter solchen Bedingungen arbeiten können.« Die Stimme von Frau Boden wird frostig. »*Ich* kann es nicht. Ich … ich werde jetzt nach Nele sehen. Vielleicht ist sie inzwischen aufgewacht.«

Nele hört das Quietschen eines Stuhls, der zurückgeschoben wird. Rasch tritt sie einen Schritt vor.

»Nele!«, sagt Frau Boden mit einem überraschten Lächeln. »Gerade wollte ich zu dir kommen. Geht es dir wieder besser? Bist du hungrig?«

»Ja«, sagt Nele.

Frau Boden führt sie zu einem Stuhl und reicht ihr eine Schale mit Obst. Nele nimmt sich einen Apfel.

Herr Krill schlägt die Beine übereinander. »Die Herren kommen am Nachmittag wieder her. Stärke dich ein wenig. Und dann möchte ich die nächsten Tests mit dir besprechen.«

Frau Boden wirft ihm einen vernichtenden Blick zu.

»Wird es denn gehen?«, fragt sie Nele. »Kannst du weitermachen?«

Nele nickt. »Dazu«, sagt sie leise, »bin ich ja hier.«

26

»Ich finde, wir sollten schleunigst die Koffer packen und nach Hause fahren«, sagt Oma. »Ich mache mir Sorgen um dich. Du siehst schon ganz spitz aus um die Nase.«

Nele verstreicht Honig auf der Brötchenhälfte. Es ist ein guter Honig, fast so lecker wie der von Bauer Witt, der auch Imker ist. Nele ist fast süchtig nach dem Honig von Bauer Witt.

Sie beißt ab und sieht sich im Frühstückszimmer um. Es ist ein heller, geschmackvoll eingerichteter, jedoch leicht überladener Raum. Frau Wirtz hat Vasen mit Kirschzweigen an die Fenster gestellt, behängt mit buntem Osterschmuck. Auf den Tischen stehen frische Frühlingssträuße.

Noch sind Nele und Oma die einzigen Gäste. Erst für die nächste Woche haben sich zwei Familien aus dem Sauerland angekündigt.

»Man soll an diese Dinge nicht rühren«, sagt Oma. »Das habe ich von Anfang an gespürt.«

»Aber ich kann doch nicht immer weglaufen, wenn es schwierig wird.«

Oma wirft Nele einen verwunderten Blick zu.

»Weglaufen? Du? Wann bist du je vor etwas weggelaufen?«

Sie legt Nele die Hand auf den Arm.

»Du bist das tapferste Mädchen, das ich kenne. Und ausgerechnet du redest von Weglaufen.«

Sie gießt sich Tee ein, gibt Sahne dazu und rührt ausgiebig in der Tasse. Ihr Gesicht hat einen zornigen Ausdruck angenommen. Ihre Augen blitzen.

»Ich könnte aus der Haut fahren, wenn ich höre, wie dieser Mann dich behandelt. Was ist das bloß für ein Mensch?«

»Da ist immer noch Frau Boden«, sagt Nele. »Ich mag sie. Und ich glaube, sie mag mich auch.«

Oma legt den Löffel ab, dass es klirrt. »Dich nicht mögen«, sagt sie grimmig, »das wär ja noch schöner. Wer dich nicht mag, der hat keine Augen im Kopf und das Herz nicht am rechten Fleck.« Sie hebt die Tasse an die Lippen, trinkt, verschluckt sich und hustet.

Nele muss lachen. »Du darfst dich nicht aufregen, hat der Doktor gesagt.«

»Der Doktor!« Oma braust auf, wie immer wenn vom Doktor die Rede ist. »Kannst du mir mal sagen, wie man das macht, sich nicht aufregen, wenn etwas ganz entsetzlich zum Aufregen ist?«

Nele wird wieder ernst.

»Na bitte! Und nun sag mir, was du möchtest. Fahren wir nach Hause oder nicht?«

Nele sieht von ihrem Teller auf. »Du meinst, *ich* soll das entscheiden?«

»Natürlich. Schließlich geht es um dich, nicht wahr?«

»Ich weiß nicht«, sagt Nele zögernd. »Das wär, wie wenn man einen Aufsatz schreibt und mittendrin aufhört.« Sie beugt sich zu Oma vor. »Verstehst du?«

»Ja. Leider.« Oma gibt sich einen Ruck. »Also gut, frühstücken wir, bleiben wir und du bringst es zu Ende.«

Nele schaut in den Garten hinaus. Eine Drossel hüpft über das kleine Viereck aus Gras, achtlos und unbefangen. Als könne an einem so schönen Morgen nirgendwo eine Katze auf der Lauer liegen. Sie hüpft von der Sonne in den Schatten und wieder in die Sonne hinaus. Etwas an ihr erinnert Nele an Tim. Sie lächelt.

»Und du?«, fragt sie Oma. »Was hast du dir für heute vorgenommen?«

»Frau Wirtz hat mir angeboten, mir die Stadt zu zeigen. Wir wollen den Bus nehmen und uns einen gemütlichen Nachmittag machen. Bummeln. In den Geschäften stöbern. Irgendwo ein Stück Kuchen essen. Ich glaube, es kann ganz schön werden.«

Bei Omas Worten spürt Nele ein leises, warnendes Ziehen im Magen, ein Angstgefühl, das sie sich nicht erklären kann.

»Habe ich etwas Falsches gesagt?«, erkundigt sich Oma besorgt. »Du siehst so verstört aus.«

»Nein. Nein, es ist nur… geht es dir auch wirklich gut, Oma?«

Oma sieht sie erstaunt an. »Warum sollte es mir denn nicht gut gehen? Schau nur, was für einen Appetit ich habe. Das war schon das zweite Brötchen, und ich fürchte, ich habe große Lust, mir noch ein halbes zu genehmigen.«

Beunruhigt beobachtet Nele, wie Oma nach dem dritten Brötchen greift, es aufschneidet, die eine Hälfte mit Butter bestreicht und herzhaft hineinbeißt.

»Nun hör aber auf, mir auf die Finger zu sehen«, sagt Oma mit vollem Mund. »Du machst mich ja ganz nervös. Wenn du fertig bist, kannst du ruhig schon gehen. Das bringt dich auf andere Gedanken.«

»Soll ich nicht lieber…«

»Nein. Du sollst nicht«, sagt Oma energisch. »Allmählich redest du schon wie der Doktor.«

Nele lacht, gibt Oma einen Kuss, holt ihren Anorak aus dem Zimmer und macht sich auf den Weg zum Institut.

Es hat in der Nacht geregnet. Die Luft ist feucht und warm. Nele hört dem Gezeter der Vögel zu und späht in die Gärten hinein, die gesprenkelt sind mit Tulpen, Narzissen, Hyazinthen, Leberblümchen und verfrühten Vergissmeinnicht.

Die Fenster sind weit geöffnet. Stimmen dringen aus ihnen hervor, Geräusche, Fetzen von Musik.

Nele schiebt die Hände in die Taschen und summt vor sich hin. Sie schlendert durch kleine Gassen, manche von ihnen so schmal, dass sie meint, die Häuser zu beiden Seiten mit ausgestreckten Armen berühren zu können.

Forsythien leuchten vor schiefen, bemoosten Mauern. Eine Katze wälzt sich im nassen Gras. Am Himmel steht eine vergessene Wolke.

Neles Herz tut einen Satz.

Frühling.

Sie geht und schaut umher, die Hände in den Taschen vergraben.

Der Morgen hat seine eigenen Bilder. Nele sieht sie alle. Die wehenden Gardinen. Den schlafenden Hund auf den Treppenstufen. Den Briefträger, der sein gelbes Fahrrad schiebt. Die Frau im Bademantel, die die Zeitung hereinholt und noch vor der Tür zu lesen beginnt.

Und dann, plötzlich, schiebt sich der Gedanke an das Institut zwischen die Bilder.

Nele erschrickt.

Wie viel Zeit ist inzwischen wohl schon vergangen?

Sie schaut sich hilflos um.

Unbemerkt ist sie in eine fremde Gegend geraten. Und kein Mensch in der Nähe, den sie nach dem Weg fragen könnte.

Nele irrt in den Gassen umher, sieht zu den Straßenschildern, die im Licht der Sonne glänzen, findet keinen vertrauten Namen.

Mit einem Mal meldet sich leise wieder die Angst von eben in ihr, diese seltsame, unbegründete Furcht, die nichts damit zu tun hat, dass sie aus dem Labyrinth der Gassen keinen Ausweg findet.

Sie beschleunigt ihre Schritte. Ihr Atem geht stoßweise. Panik steigt in ihr auf.

Fast hätte Nele die alte Frau übersehen, die hinter dem Jägerzaun eines winzigen, schattigen Gartens hockt und sich mit einer rostigen Schaufel an einem Blumenbeet zu schaffen macht.

»Guten Morgen«, sagt Nele.

Die Frau blickt zögernd auf. »Ach.« Ein erfreutes Lächeln huscht über ihr Gesicht. »Da ist ja doch jemand.«

Sie legt die Schaufel beiseite, kommt mühsam auf die Füße und reibt sich die Hände, an denen feuchte Erde klebt.

»Ich höre nämlich nicht mehr gut. Und manchmal meine ich, eine Stimme zu hören, und wenn ich mich dann umdrehe, ist in Wirklichkeit keiner da.« Sie schüttelt den Kopf. »So ist das, wenn man alt wird.«

»Ich bin fremd hier«, sagt Nele, »und hab mich verlaufen. Können Sie mir sagen, wie ich zum Kiebitzweg komme?«

Sie zwingt sich dazu, ruhig durchzuatmen. Der Tag ist schön. Oma geht es gut. Es gibt keinen Grund zur Panik.

Die alte Frau hat sich die Hand hinters Ohr gehalten und angestrengt gelauscht. Jetzt lässt sie die Hand sinken und lächelt.

»Kiebitzweg? Bist gar nicht weit davon entfernt.«

Sie weist die Gasse hinunter. »Da lang, an der Kurve links und die Gasse entlang bis zum Ende, dann rechts, danach die zweite Straße wieder rechts und dann die erste links.«

Sie wiederholt es noch einmal. Nele prägt sich die Beschreibung ein.

»Zehn Minuten vielleicht«, sagt die alte Frau. »Ihr jungen Leute habt ja flinke Beine. Bist auf Besuch hier, was?«

»So ungefähr«, sagt Nele zögernd. Sie betrachtet die schwarze Kleidung der Frau, ihr dünnes Haar, die erdverschmierten, zittrigen Hände und würde gern eine Weile bleiben, ohne zu wissen, warum.

Die Frau lächelt sie an. Ihre Lippen entblößen ein überraschend regelmäßiges gelbliches Gebiss.

»Jetzt muss ich aber laufen.« Nele hat Mühe, sich loszureißen. »Sonst komme ich noch zu spät.«

Ein Ausdruck von Bedauern überzieht das Gesicht der Frau. »Schade. Es sind so wenig Menschen zum Reden da. Und es werden immer weniger.«

Als Nele sich an der Ecke noch einmal umdreht, sieht sie, dass die alte Frau reglos am Zaun steht und ihr nachschaut, eine schmächtige Gestalt mit hängenden Schultern.

Vorm Institut parkt ein dunkler Wagen. Noch bevor Frau Boden es ihr bestätigt, weiß Nele, dass die beiden Männer wieder da sind.

»Wo bleibst du denn?« Herr Krill bemüht sich nicht, seinen Ärger zu verbergen. »Wir warten seit einer Stunde auf dich.«

»Verlaufen«, sagt Nele wie ein kleines Kind.

Herr Krill erwidert nichts darauf. Er nimmt sie am Arm und führt sie zum Tisch. »Die Herren haben noch einige Fragen an dich.«

Nele setzt sich auf den Stuhl, von dem aus sie zum Fenster sehen kann. Der grüne Schimmer auf den Bäumen hat sich über Nacht verstärkt. Nele kann die kleinen, hellen Blätter an den Zweigen erkennen.

»Nele? Hörst du zu?«

Widerstrebend löst sie den Blick vom Fenster und wendet ihn den Männern zu, die ihr gegenübersitzen, mit dem Rücken zum Licht. Sie nickt.

Die meisten Fragen stellt der jüngere von beiden. Der andere sitzt da mit schräg geneigtem Kopf und hört aufmerksam zu.

Von draußen dringt das Gezwitscher der Vögel herein, das ferne Summen eines Flugzeugs, dann das Geräusch eines anspringenden Motors ganz in der Nähe.

Nele, die beinahe mechanisch geantwortet hatte, stutzt.

Das Geräusch eines Motors.

Es stößt etwas in ihr an.

Autos. Eine Straße.

Langsam arbeitet sich die Erinnerung an die Bilder an die Oberfläche. Die Stimme des jüngeren Mannes zieht sich zurück, macht den Lauten Platz, die zu den Bildern gehören.

Quietschen. Krachen. Splittern.

Unruhig bewegt sich Nele auf ihrem Stuhl. Sie spürt eine Hand auf ihrer Schulter, hört jemanden ihren Namen rufen.

Sie kämpft sich aus der Benommenheit hervor. Kalter Schweiß ist ihr auf die Stirn getreten. Auch ihre Hände sind feucht und kalt.

»Was ist los, Nele? Schau mich an. Sag etwas.«

Nele wendet gehorsam den Kopf. Sie sieht, dass es Herr Krill ist, der neben ihr steht, die Hand auf ihrer Schulter. Er betrachtet sie mit ernstem Gesicht.

Nele schluckt.

»Die Bilder«, stammelt sie. »Es fängt wieder an.«

27

Die Männer haben sich verabschiedet. Nele hat die Mittagspause mit Herrn Krill und Frau Boden allein verbracht. Herr Dorsch und Herr Glaser sind auf eine Tagung gefahren, die eine Woche dauern soll.

Beim Essen hat Nele kaum etwas gesagt. Die Unterhaltung zwischen Herrn Krill und Frau Boden hatte einen gereizten Ton, wurde dann schleppend und verstummte schließlich ganz.

Nele ist froh, dass die Pause vorbei ist. Sie sitzt Herrn Krill in seinem Zimmer gegenüber, äußerlich ruhig, innerlich jedoch gespannt und auf der Hut.

Herr Krill lehnt sich auf seinem Stuhl zurück. »Wir sollten über die neuen Bilder sprechen.«

Nele schüttelt den Kopf. »Lieber nicht ...«

Doch Herr Krill lässt nicht locker. »Bevor wir nicht darüber gesprochen haben, wirst du nicht konzentriert arbeiten können. Du bist mit den Gedanken ja gar nicht hier.«

Nele fügt sich, obwohl sich alles in ihr dagegen sträubt.

»Etwas wird passieren«, sagt sie. »Ich erkenne es aber noch nicht.«

In den grauen Augen zeigt sich keine Regung.

»Ich habe eine Straße gesehen.«

»Welche Straße?«

»Ich weiß nicht. Eine große Straße.«

»Genauer, Nele. Streng dich an.«

Die tiefe Falte über seiner Nasenwurzel verrät Ungeduld. Die grauen Augen sind schmal geworden. Wie leicht er neuerdings die Beherrschung verliert.

»Was hast du noch gesehen?«

»Autos«, sagt Nele schaudernd. »Menschen. Und überall ... Blut.«

»Viele Menschen?«, fragt Herr Krill. Er hat einen Satz hingekritzelt und gleich wieder den Kopf gehoben.

»Ja. Aber undeutlich. Und niemand, den ich kenne.«

»Was noch?«

»Lärm. Ein Krachen, Splittern. Etwas passiert mit einem Auto, vielleicht mit mehreren. Irgendwo auf einer großen Straße. Wahrscheinlich in einer Stadt.«

Sie verkrampft die Finger ineinander. Ihre Augen füllen sich mit Tränen.

Herr Krill beobachtet sie schweigend. Nele kaut am Daumennagel. Diese blöden Tränen! Warum muss sie immer dann heulen, wenn ihr jemand zusieht? Sie schnieft.

Er reicht ihr ein Taschentuch.

»Sieh hin, Nele!«

»Tu ich ja!« Sie schnäuzt sich in sein Taschentuch. Es duftet schwach nach Parfüm. »Aber... es macht mir Angst. Mehr Angst als das Feuer. Viel mehr. Es ist eine... andere Angst. Nur – warum ist sie so anders?«

»Konzentriere dich, Nele. Achte nicht auf die Angst. Sie ist unwichtig, lenkt dich nur ab. Lehn dich zurück. Sei entspannt.«

Nele gehorcht. Sie spürt die besänftigende Wirkung seines Sprechens und doch wird die Angst nicht kleiner.

Die Angst.

Wovor hat sie diese nagende, hartnäckige Angst? Sie unterscheidet sich so sehr von der Angst, die sie kennt, geht so viel tiefer.

Ohne es sich erklären zu können, weiß Nele, dass Herr Krill im Unrecht ist.

Sie darf dieser Angst nicht ausweichen.

Im Gegenteil.

Sie muss auf sie achten.

Sie hängt mit etwas zusammen, das Nele nicht durchschauen kann. Und sie ist wichtig. Sie hat mit ihr selbst zu tun, ist irgendwie...

Mit einem Ruck fährt Nele auf.

Sie läuft aus dem Zimmer und die Treppe hinunter, immer mehrere Stufen auf einmal, zieht den Anorak vom Haken, reißt die Haustür auf und stürzt hinaus.

Im Laufen wirft sie sich den Anorak über, prallt gegen das Gartentor, reibt sich das schmerzende Knie, humpelt weiter.

Hinter sich hört sie Frau Boden rufen. Sie dreht sich nicht um.

Hoffentlich ist es noch nicht zu spät. Nele trägt keine Uhr. Es kann zwei sein. Oder schon drei?

Ein heftiges Seitenstechen zwingt Nele, stehen zu bleiben. Sie presst die Hände gegen die Rippen und atmet tief durch. Dann läuft sie weiter, hinkend und keuchend, bis sie bei der Pension angelangt ist.

Sie drückt die Tür auf und stürmt die Treppe hinauf.

Das Zimmer ist abgeschlossen.

Schwer atmend steht Nele vor der verschlossenen Tür und bricht in Tränen aus.

Zu spät. Oma ist schon unterwegs.

Niedergeschlagen steigt Nele die Treppe hinunter. Die Haare kleben ihr an der Stirn und im Nacken. Tränen rollen ihr über die Wangen.

Auf der letzten Treppenstufe verlässt sie die Kraft. Sie setzt sich hin, sucht nach dem Taschentuch von Herrn Krill, das sie gedankenlos eingesteckt hat, putzt sich die Nase und versucht nachzudenken.

Das Geräusch, das aus der Küche zu ihr dringt, ist so leise, dass sie es beinahe nicht bemerkt hätte. Hastig springt sie auf, stopft das Taschentuch in die Tasche zurück, läuft zur Küchentür und stößt sie auf.

Oma sitzt mit Frau Wirtz am Tisch. Ihr Mantel liegt griffbereit über der Lehne des Stuhls neben ihr. Auf dem Tisch steht Kaffeegeschirr.

Nele lehnt sich gegen den Türpfosten und lacht und weint gleichzeitig! Dann läuft sie zu Oma und umarmt sie, dass Oma die Luft wegbleibt.

»Langsam, Kind! Oma befreit sich aus Neles Umarmung. »Was ist denn los? Warum bist du nicht im Institut?«

»Du bist noch hier!« Nele hat vor Erleichterung ganz schwache Knie. »Dass du noch hier bist!«

Oma sieht verwundert zu ihr auf. »Frau Wirtz wurde aufgehalten. Da haben wir uns gedacht, wir machen uns noch einen Kaffee und nehmen den Bus um halb vier. Aber willst du mir nicht endlich erklären, was um alles in der Welt…«

»Komm mit raus, Oma.« Nele zerrt an Omas Ärmel. »Ich muss dir was sagen.«

Oma löst Neles Finger von ihrem Ärmel. »Das kannst du mir ruhig vor Frau Wirtz…«

»Oma! Bitte!«

Erst jetzt sieht Oma Nele richtig an. Ihr Gesichtsausdruck verändert sich schlagartig. Sie steht auf.

»Entschuldigen Sie mich für einen Moment«, sagt sie zu Frau Wirtz. »Offenbar geht es um etwas schrecklich Geheimnisvolles.«

Die letzten Worte hat sie in einem scherzhaften Tonfall gesagt, doch sie kann nicht verbergen, dass sie tief beunruhigt ist.

»Du darfst nicht in die Stadt fahren«, sagt Nele draußen. »Auf keinen Fall, hörst du?«

»Ich darf nicht… Warum darf ich nicht in die Stadt fahren?«

Nele denkt an das Gespräch mit Herrn Klodwig. Was, wenn auch Oma ihre Worte mit einer Handbewegung oder einem Lächeln abtut?

»Oma, ich habe wieder etwas gesehen. Einen Unfall. In einer Stadt. Du darfst heute nicht mit dem Bus fahren. Und morgen am besten auch nicht. So lange nicht, bis ich genau weiß, was passieren wird. Du musst hier bleiben! Versprich es mir!«

Oma sieht unschlüssig zur Tür, hinter der Frau Wirtz sitzt und auf sie wartet. Dann sieht sie wieder zu Nele.

»Vertrau mir, Oma! Bleib zu Hause! Bitte!«

Oma streicht Nele über die Wange. Sie nickt.

»Du bleibst hier?« Nele fühlt, wie ihr Herz pocht. Sie nimmt Oma in die Arme. »Ich muss wieder ins Institut. Bin einfach weggelaufen, ohne was zu sagen. Herr Krill wird sauer sein.«

»Willst du dich nicht lieber ein bisschen hinlegen, Kind? Du bist ganz blass. Es ist nicht gut, wenn ...«

Aber Nele hat sich schon losgemacht. Bei der Tür bleibt sie stehen und dreht sich noch einmal um.

»Du bleibst hier? Ehrenwort?«

»Heiliges Ehrenwort«, verspricht Oma. »Mir ist bloß noch nicht klar, wie ich es Frau Wirtz beibringen soll. Sie muss ja wohl auch zu Hause bleiben, nicht wahr?«

»Natürlich«, sagt Nele erschrocken. An Frau Wirtz hat sie überhaupt nicht gedacht. »Überrede sie, Oma. Unbedingt.«

Langsam geht Nele zum Institut zurück. Jetzt erst merkt sie, wie erschöpft sie ist.

Oma hat ihr geglaubt. Aber die anderen Leute, alle die, die sie nicht warnen kann? Ihr ist elend zumute.

Frau Boden sieht es ihr sofort an. Wortlos nimmt sie Nele in die Arme. Nele lehnt den Kopf an ihre Schulter.

»Du darfst uns nie wieder so erschrecken«, sagt Frau Boden. »Ich bin dir nachgelaufen. Aber dann habe ich gesehen, dass du den Weg zur Pension eingeschlagen hast. Und da habe ich gedacht, ich lasse dich besser in Ruhe.«

Es tut gut, Frau Bodens Stimme zu hören, wenn auch das, was sie sagt, Nele wieder zum Weinen bringt.

»Hat Herr Krill irgendetwas getan? Etwas, das dich dazu gebracht hat, wegzulaufen?«

Nele schüttelt den Kopf. »Es war wegen Oma«, sagt sie leise. »Sie darf heute nicht in die Stadt fahren. Irgendwas wird doch passieren.«

Frau Boden geht mit ihr in die Küche. Sie wärmt ihr ein Glas Milch auf.

Als Nele getrunken hat, kommt Herr Krill herein. Frau Boden erklärt ihm, was vorgefallen ist.

»Wenn wir nur auch die anderen Leute warnen könnten!«, sagt Nele. »Wenn ich bloß mehr wüsste! Wann es passiert und wo genau.«

»Grüble nicht darüber nach«, sagt Herr Krill. »Es hat keinen Sinn. Was du in deinen Bildern siehst, wird geschehen. Wenn du es aufhalten könntest, würdest du es ja nicht sehen, verstehst du?«

Nele starrt ihn entsetzt an. »Sie meinen … es gibt nie einen Ausweg?«

»Nein. Es gibt keinen Ausweg.«

Nele presst die Faust gegen den Mund. Sie sieht mit aufgerissenen Augen von Herrn Krill zu Frau Boden und senkt dann den Kopf.

»Können wir mit den Tests weitermachen?«, fragt sie kläglich. »Ich muss was zu tun haben, sonst werde ich verrückt.«

»Darum«, sagt Herr Krill lächelnd, »wollte ich dich gerade bitten.«

Sie gehen hinauf und arbeiten bis zum Abend.

28

Frau Boden reicht Nele wortlos die Zeitung. Herr Krill reibt sich die Augen. Sein Gesicht ist ganz grau. Eine sonderbare Spannung liegt in der Luft.

Nele entdeckt die Meldung sofort. Sie nimmt nicht viel Platz ein.

Ein Verkehrsunfall in der Innenstadt. Ein Lastwagen war mit überhöhter Geschwindigkeit von der Fahrbahn abgekommen und hatte einen Bus gerammt. Mehrere Personenwagen waren aufgefahren.

Zwei Tote hatte es gegeben und zwölf Verletzte.

Es war ein Bus der Linie sieben gewesen. Der Unfall war gegen vier passiert.

Nele versucht zu schlucken. Ihr Mund ist zu trocken. Sie greift nach ihrem Glas und stürzt den Saft in einem Zug hinunter.

»Die Linie sieben?«, fragt sie.

Herr Krill nickt. »Die Linie sieben verbindet diesen Stadtteil mit dem Zentrum.«

»Gegen vier«, sagt Nele tonlos.

Mit diesem Bus wäre Oma gefahren.

Nele sieht das Foto an. Ihr Magen verkrampft sich.

»Und ich habe nichts dagegen tun können.«

Herr Krill schüttelt den Kopf. »Nichts. Mach dir das ganz klar, Nele. Und dann denke nie mehr darüber nach.«

Nele ballt die Hände zu Fäusten. »Nie mehr darüber nachdenken?« Es kostet sie alle Kraft, ihn nicht anzuschreien. »Das kann ich nicht! Und ich will es auch nicht.«

Frau Boden gießt Nele Saft nach. »Sehr schlimm?«

»Ja«, sagt Nele.

Sie schaut zum Fenster. Bald wird der Sommer kommen. Der Sommer und mit ihm die Blumen in Omas Garten. Oma wird ihre Kräuter sammeln, sie trocknen und Tee daraus machen.

Oma.

Sie lebt.

Sie ist nicht im Bus gewesen.

Nele faltet die Zeitung zusammen und legt sie neben ihren Teller. »Ich hab kaum geschlafen heute Nacht. Ich war so aufgeregt. Jetzt bin ich furchtbar müde.« Sie trinkt wieder von ihrem Saft, diesmal langsam. »Aber ich bin auch so froh.«

»Weil du morgen wieder nach Hause fährst?« Frau Boden lächelt.

»Das auch.«

Herr Krill nimmt die Zeitung vom Tisch und lässt sie auf einen Stapel alter Zeitungen fallen, als wäre ein Kapitel von etwas zu Ende gegangen.

»Du sprichst von den Bildern«, sagt er.

Nele nickt. Wie gut er mich inzwischen kennt, denkt sie. Und wie gut ich ihn inzwischen kenne. Die schmalen, großen Hände, die grauen Augen, die Konzentration in seinem Gesicht.

»Wenn ich die Bilder nicht sehen könnte«, denkt sie laut, »dann wäre Oma jetzt vielleicht nicht mehr am Leben.« Diese Vorstellung bringt sie immer noch zum Zittern.

»Diesmal hast du hingesehen«, sagt Herr Krill. »Und du wirst wieder hinsehen, nicht wahr?«

Nele atmet tief ein. »Ja. Oma hat mir geglaubt. Vielleicht glauben mir andere auch.«

Sie setzen sich zum Abschiedsfrühstück an den Tisch. Nele schneidet ein Brötchen auf, beschmiert es mit Butter und Käse und beginnt zu essen. »Dass man so einen Hunger haben kann, ohne es zu merken.«

Frau Boden und Herr Krill lachen. Das Lachen löst die Spannung. Plötzlich beginnen sie, alle gleichzeitig zu reden.

Nach dem Frühstück folgt Nele Herrn Krill wieder in sein Zimmer hinauf.

Die letzten Tests.

Bald sind sie in die Arbeit vertieft, als hätte es nie etwas anderes gegeben.

Das Zimmer, die Geräte, die Stimme von Herrn Krill, seine Notizen, der Verlauf der Tests, all das ist Nele mittlerweile vertraut. Ohne Herrn Krill anzusehen, weiß sie, dass sein Gesicht wieder einen Ausdruck von Zufriedenheit angenommen hat.

Die Ergebnisse entsprechen seinen Erwartungen, wie sie es meistens getan haben.

Er ist ruhig und freundlich gestimmt, nimmt sich Zeit, Neles Fragen zu beantworten, gerät dann und wann unbemerkt ins Erzählen.

Doch Nele hat auch seine andere Seite kennen gelernt. Die Härte an ihm, die Unerbittlichkeit, mit der er sein Ziel verfolgt.

Nach Hause, denkt sie. Soll er seine Bücher schreiben und meinetwegen auch ein Kapitel über mich. Ich werde wieder auf dem Feld sein, zusammen mit Papa und Opa und Tim und an den Wochenenden auch mit Friedrich.

Ich werde wieder Sträuße für den Küchentisch und für die Kommode in der Diele pflücken und mit David durch die Gegend streifen. Ich werde Mama bei der Arbeit helfen und Opa beim Tubaspielen zuhören. Ich werde …

»Woran denkst du, Nele?«

Herr Krill hat den Kassettenrecorder ausgeschaltet und sieht sie mit einem Anflug alter Ungeduld an.

»An zu Hause«, sagt Nele.

»Wir sind aber noch längst nicht …«

Herr Krill unterbricht sich mitten im Satz, betrachtet seine Fingernägel. Er wirkt mit einem Mal verlegen.

Nele ist überrascht. Herr Krill und verlegen?

»Wir haben hart gearbeitet«, sagt er. »Ich habe dich nicht geschont. Im Gegenteil. Bin manchmal bis an die Grenzen deiner Kraft gegangen. Aber ich würde gern weiterarbeiten mit dir. Vielleicht in den Sommerferien oder, wenn du willst, auch erst im Herbst. Wie stehst du dazu?«

Nele zuckt mit den Schultern. »Darüber habe ich noch nicht

nachgedacht. Zuerst mal möchte ich heim. Und ganz bestimmt will ich so bald nicht wieder von zu Hause weg.«

Herr Krill nickt. Er öffnet den Mund zu einer Entgegnung und schließt ihn wieder.

29

»Herr Krill lässt sich entschuldigen«, sagt Frau Boden. »Ihm ist eine wichtige Besprechung dazwischengekommen.«

»Schon gut«, sagt Nele. »Hauptsache, *Sie* sind hier.«

Es ist früh am Morgen. Der Bahnsteig ist beinahe leer. Die Gesichter der Menschen tragen noch Spuren von Schlaf.

Frau Boden öffnet ihre Tasche und zieht ein Päckchen heraus.

»Für dich, Nele. Zum Abschied. Ich möchte aber, dass du es erst im Zug aufmachst.«

Nele nimmt das Päckchen und dreht es in den Händen.

»Und ich habe gar nichts für Sie.«

Frau Boden hängt sich die Tasche wieder über die Schulter. Sie lächelt. »Du hast mir viel mehr geschenkt, als du ahnst.«

Eine Weile stehen sie schweigend beieinander, finden nicht die Worte, die zum Abschied passen. Dann fährt der Zug ein.

Frau Boden drückt Nele an sich.

»Mach's gut, Mädchen. Ich werde oft an dich denken.«

Plötzlich geht alles viel zu rasch, und Nele steht am Fenster und winkt Frau Boden zu, deren Gestalt klein und kleiner wird und schließlich ganz verschwindet.

Sie setzt sich auf ihren Platz und öffnet das Päckchen. Vorsichtig zieht sie ein schmal gerahmtes Bild heraus und hält den Atem an.

Das Bild zeigt das Gesicht eines Mädchens, ernst, verschlossen, mit großen Augen, deren Blick ins Leere gerichtet ist.

»Das bin ich«, sagt Nele fassungslos. »Es ist mein Gesicht.«

Oma setzt die Brille auf. Sie studiert die kleine Signatur am unteren Bildrand. »Boden.« Sie schaut Nele an. »Hast du gewusst, dass Frau Boden malt?«

Nele schüttelt den Kopf. »Ich weiß viel zu wenig von ihr. Wir hatten einfach nicht genug Zeit.«

Sie kauert sich in ihren Sitz, das Bild auf dem Schoß, ist gleichzeitig traurig und froh.

Draußen rasen die Häuser vorbei.

»Nach Hause«, sagt Nele. »Freust du dich?«

Das hat sie Oma schon hundertmal gefragt. Und hundertmal hat Oma genickt und zufrieden geseufzt. Sie tut es jetzt wieder.

»Ich freu mich auf alle«, sagt Nele. »Fast sogar auf den Klodwig. Als wär ich tausend Jahre weg gewesen.«

»Es war gerade mal eine Woche.«

»Ich weiß. Trotzdem waren es tausend Jahre.«

Oma verstaut die Brille im Etui und das Etui in ihrer Handtasche. Sie legt den Kopf zurück, schließt die Augen und döst vor sich hin.

Nele schaut aus dem Fenster.

Tausend Jahre.

Sie kann sich gar nicht satt sehen an der Landschaft, die sich von Stunde zu Stunde mehr verändern wird, zum Flachen hin, nach Norden.

Oma ist eingeschlafen.

Tausend Jahre.

Nele betrachtet das Bild auf ihrem Schoß.

Sie sieht ein Mädchen, das die Angst kennt.

Sie sieht aber auch ein Mädchen, das sich von der Angst nicht unterkriegen lässt.

Behutsam wickelt sie das Bild wieder in das Papier und legt es auf den Nebensitz.

Max hat ihr mit seinen müden, glanzlosen Knopfaugen dabei zugesehen. Nele nimmt ihn auf den Schoß, greift in die Tasche, holt einen Apfel hervor und beißt hinein.

Nach Hause, denkt sie, presst Max fest an sich und kaut und lacht.

Endlich wieder nach Hause.